U0839832

《孤独的美食家》中国版巡礼

朱璐莎 靳巍 著

北京联合出版公司
Beijing United Publishing Co.,Ltd

图书在版编目（CIP）数据

伍郎的台湾：孤独的美食家中国版巡礼 / 朱璐莎，
靳巍著 .—北京：北京联合出版公司，2015.7
ISBN 978-7-5502-4618-8

Ⅰ .①伍… Ⅱ .①朱… ②靳… Ⅲ .①随笔—作品集
—中国—当代 Ⅳ .① I267.1

中国版本图书馆 CIP 数据核字 (2015) 第 145883 号

伍郎的台湾：孤独的美食家中国版巡礼
作　　者：朱璐莎　靳　巍
出 品 人：唐学雷
责任编辑：牛炜征

北京联合出版公司出版
（北京市西城区德外大街 83 号楼 9 层　100088）
小森印刷（北京）有限公司印刷　新华书店经销
字数：150 千字　710 毫米 ×1000 毫米　1/16　印张：13.5
2015 年 8 月第 1 版　2015 年 8 月第 1 次印刷
ISBN 978-7-5502-4618-8
定价：39.80 元

目录

第三话 珍珠·奶茶 / 48

第四话 按时间表生活的老人 / 64

第五话

爵士三重奏 / 82

第六话

大导演小笼包 / 98

第七话

第八话

第九话 成长的烙印 / 148

第十话 不老情 / 166

伍郎的故事

序言

我叫伍郎，伍郎的店的老板伍郎。

外公第一次问伍郎的名字，伍郎 5 岁，他就是这样介绍自己的。外公不太满意，伍郎却有点得意。

三年后，外公把伍郎放在肩膀上，眼前是成群的帮派分子，穿得花花绿绿。伍郎看不清他们的脸，平时他的身高只能平视看到大人的大腿，抬起头才能看见他们的脸，现在的居高临下，伍郎不太满意，外公却有点得意，好像在说，看见没，这就是你以后要掌控的世界。

帮会里，大家对伍郎恭恭敬敬。伍郎好吃，上供的人自然不少，外公的左右手，更是把自己的儿子阿伟都给伍郎上了供，不过阿伟从来不觉得自己是供品，只觉得伍郎是个奇怪的小少爷，闽南语不熟练，还喜欢爵士乐，说自己将来要开进出口贸易的小店亲自给客人送货，家族的未来命运堪忧。

外公说坐在自己这个位子上，注定孤独，伍郎说自己不怕孤独，只是他没有说下一句，自己不会坐在这个位子上。因为话音未落，外公就被救护车拉走了。

外公躺在医院里，插管。伍郎也希望自己去医院插管，不是要和外公感同身受，只是这段时间，母亲变得严厉、谨慎，而父亲总一个人关在小屋子里，除了给伍郎检查功课，几乎不大出门。

去看外公，伍郎常会发呆，记得外公说过，是去是留都要干干脆脆，尤其不可打扰别人的生活。最后他说自己一辈子都没做到。

伍郎偷偷摸摸地拔了外公的插管，干干脆脆了。可是被阿伟看见迅速插了回去：“就算你是少爷，这么做也是要受家法处置的！”伍郎淡漠地没有说话，只觉得心情复杂，所学的词汇完全无法概括，那年他 10 岁。

两天后，外公走了，母亲正式做了帮派的“一把手”。

生活在继续，没有更好，可能更坏了一点。

都说台南人分两种：一种过分热情，一种过分腼腆。阿伟说自己是前者，伍郎当然是后者。伍郎不喜欢和家族里的人打交道，家族外的也不喜欢，除了爸爸妈妈，大概只和阿伟打交道了，可是外公走后，好像只剩爸爸和阿伟了。

在班里伍郎是班长，好学生，阿伟是损友还是帮会分子家的小孩。阿伟每次都笑说，如果班上女生知道伍郎才是黑帮大佬会作何感想，伍郎每次听到就黑脸，阿伟也觉得无趣。算了，总会有正义之士来打倒大佬。

伍郎几次受到伏击，多是帮派明争暗斗，母亲要派人保护，伍郎坚持有阿伟就够了。

假日伍郎约阿伟逛花市，阿伟觉得这种事情娘死了，扭捏半天还是来了，谁让你是大少爷！伍郎挑了两盆金毛狗蕨，一人一盆，用来治疗外伤的。伍郎心里取好了名字，阿伟那盆叫伍郎，伍郎那盆叫阿伟，互相保护吧。

“妈的，逛个花市还能被伏击！吃阿伟爷爷一脚！”阿伟一战成名，受伤就咬一口“金毛狗”敷在伤口上，现学现卖，他跟伍郎说特别管用。著名的“金毛狗阿伟”从此在帮派间有了名声。回去的路上，阿伟带着伤，带着笑，还不忘埋汰伍郎，就说他娘的男人逛什么花市，遭报应了吧！

伍郎却觉得，自己没有帮上一点忙，他开始正视自己的身份，跟阿伟学跆拳道，进展很快，阿伟说这真的是黑道家族的血脉，伍郎却开心不起来："去他的黑道家族血脉，老子想开伍郎的店！"阿伟也跟着笑起来，因为伍郎从不说粗口，去他的黑道家族血脉，老子想开意面店！休想！休想！

伍郎头一次知道阿伟的妈妈开着一家意面店，阿伟并不想混黑道，带着他偷偷去了妈妈的意面店，让伍郎出面去买了三碗意面，两人在河堤边分着吃。

"我爸妈早就离婚了。我也不想连累我妈，就跟了老爸，男人嘛，生来就是闯祸的。"阿伟说。两人一人吃了一碗半的意面，那年夏天蝉叫得闹心，但是阿伟却安静了一个夏天。伍郎找了一家意面工厂，拉着阿伟跟他学意面玩。

大学联考将近，母亲作为台南帮会大姐头去台北拜会叔父，父亲的房间里没有爵士音乐的旋律，伍郎没有声张，父亲能走多远就走多远吧。伍郎每天到父亲的房间，把黑胶碟放到唱机上，然后如常上学。

父亲的出走，家族里悄无声息，仿佛从来没有过这个人。伍郎问阿伟如果自己走了，会不会也这样。阿伟总岔开话题，他也知道，怎么可能，一个是外人，一个是继承人。

在联考前夕，阿伟带着伍郎上台北透透气，看棒球。伍郎知道，阿伟每天都会用公用电话给家族报告行踪。

伍郎常常想象着父亲留学的法国，父亲从事的生意，以及父亲这十几年来的郁结。作为眷村子弟，他会不会偷偷漂洋过海回北京老家，会不会再度去往法国，去哪里都比眼前亲切。伍郎愣神的瞬间，阿伟已经为自己挡了一刀，血色映入瞳孔，伍郎红了眼，阿伟负着伤为伍郎竖起大拇指。

不要再有人为我受伤了。

原来离开也是那么容易。

伍郎去了法国，当然他不会知道背后阿伟和母亲都帮他扫除了障碍，一个继承人，走得哪会那么容易。是去是留都要干干脆脆，尤其不可打扰别人的生活，怎么可能？

26岁再回到台北，伍郎开了一家从事进出口贸易的小店，每天为客人寻找商品，亲自送货。

我叫伍郎，伍郎的店的老板伍郎。他拿出名片，送出货品，空余时间，还是喜欢寻觅小店，一个人孤独地饮食，独自享受食物给他带来的快乐。不打扰别人的生活，不再有人为他受伤。

如果你也看见一个人独自吃饭，不要打扰他吧，你看，他也没有打扰你。

主要出场人物介绍

伍郎

男，现年 45 岁，生于台南，祖籍北京，父亲是眷村子弟，而母亲则是本省黑道大佬的掌上明珠。在父亲出走的刺激下，18 岁去往法国，26 岁回到台湾，断绝了和过去的所有联系，在台北开了一家从事进出口贸易的网店“伍郎的店”。

阿伟

男，现年 45 岁，土生土长的台南人，伍郎的发小，也是伍郎的保护伞。父母离异，为了不打扰母亲的生活，选择跟着身为家族“二把手”的父亲，常常偷偷派人去母亲开的意面馆买意面，身为黑道，梦想却是开一家意面馆。

母亲

女，现年 65 岁，年轻时违背身为黑道当家的老父亲意愿，与伍郎父亲私奔到台北。生下伍郎后本以为可以过上平凡的小日子，却被伍郎外公抓回台南。伍郎小学期间，外公去世，母亲不愿意看到家族分崩离析，遂接手已转而从事建筑业的家族生意，成为家族的女掌门人。

父亲

男，伍郎父亲，现年 70 岁，行踪不明。5 岁跟随身为国民党空军士官的父亲来台湾生活。大学留学法国，回国后由于语言的优势自己做起了进出口商品生意。原本一家三口过着幸福的小日子，却因为伍郎外公的去世，改变了他们的生活，在伍郎成年后，选择离家出走。

小美

伍郎前女友，台湾演员。在第一话伍郎回忆中出场。

第一话

爸爸的炒饭

本话食物

总铺师办桌菜

老爸炒饭

白斩鸡

清炒珠葱

古早味汤圆

拍摄地点：平溪/

故事 /
爸爸的炒饭

吴建国，男，55 岁，爱好烹饪，拿手菜……

吴建国用手写板在网页上输入了自己的信息，又迅速按了撤销键。要不是女儿总让自己找个伴儿，自己也不想在交友网站上做这种临老入花丛的事。只是最近刮风下雨，旧疾又犯了，他想就算不能照顾女儿，至少，至少不要成为她的负担才好。

今天女儿还没来电话，他打开电视机，看到新闻联播结束，手机没敢离身。

电话终于响起。

“爸爸，能来一趟台湾吗？帮我试试婚礼的菜式。”

跑到女儿的房间，翻箱倒柜，女儿的餐盒，女儿和他的亲子装，女儿的背包，女儿的……吴建国收拾完满满两大箱，又默默把东西放回原位，这个台湾有吧，这个台湾有吧。

要不给她炒个炒饭带过去，吴建国拿着女儿最喜欢的粉色餐盒。打开冰箱，没有菜，炒饭用的隔夜饭有一堆，就像妻子刚去世的时候一样。

女儿上小学二年级时，妻子去世。父女俩在外头吃了一个月的快餐，女儿问吴建国

从左至右：
1. 伍郎看着铁道，思绪回到了过去。2. 伍郎巧遇吴建国。3. 爸爸的炒饭。

能不能在家里吃，于是，吴建国把快餐打包回家，他们在家里又吃了一个月快餐。女儿拉着他去超市，撒娇地要了一个粉红色的餐盒，终于曲线救国，吃上了住家炒饭。

第一次炒饭，煳了。女儿一边说难吃一边吃完了。第二次炒饭，正好是开完家长会，吴建国虚心求教，向其他同学的妈妈们讨教炒饭的秘诀，炒饭还没学好，单亲妈妈上了他家，女儿见了，拿出压岁钱，自费吃了一个月快餐。

从此之后，吴建国非礼勿视，非礼勿听，非礼不学炒饭。女儿喜欢上吃有点煳的炒饭。

女儿初中，参加运动会，吴建国摇旗呐喊，美女班主任夸孩子有这样的父亲真幸福。女儿回到家，一边吃着炒饭，一边跟老爸八卦班主任和教务主任、新来的外教，还有收发室大爷的多角虐恋。吴建国知道女儿的作文一直写得很好，只是有点担心，她会不会要早恋，还好，一切都没有发生。

高考前夜，吴建国在老朋友的怂恿下，也给女儿买了一堆提神醒脑的补品，女儿却让老爸不要给自己下毒，自己吃老爸的炒饭就满足了。晚饭之后，半夜还加了一餐，吃

太多睡不好，第二天差点迟到。

吴建国用摩托载着女儿，极速狂飙，连交警都开着警灯追在后面，可是就是没追上，他觉得挺得意，女儿顺利地进了考场。他准备去跟交警坦白从宽，结果听说今天交警都是为考生保驾护航，敢情不是交警没追上他，这不能让女儿知道。

录取通知书下来那一天，吴建国炒饭，等孩子回家。女儿回来，只吃了两口，就被同学电话叫走了。录取通知书来自北大，真的有点远，那是他第一次知道福建到北京有1905 公里……他打电话给铁路部门工作的老战友，提前预订两张去北京的火车票，这么些年没出过远门，听说去北京的车票不好买。

女儿的东西，大包小包装了两大箱子，他把装炒饭的餐盒也放进去，女儿悄悄拿了出来。送女儿到宿舍楼下，因为宿管阿姨不让他进去，爸爸和妈妈不一样，听说女孩大了，会更亲妈妈，大概是对的。

女儿军训，每天晚上给他打电话，说天天吃馒头，想爸爸的炒饭。

女儿开学，他天天给女儿打电话，女儿说课业有点忙，电话变成每周末一通。

通话的时间，改了又改，刚开始女儿还是习惯早睡，后来都是晚上 12 点以后才是清醒的时段，吴建国觉得跟不上女儿的步伐，于是也报了老年大学，可是老年大学，确实是老年大学。

大学毕业，女儿带回来的行李只有一个手提包。因为提前被跨国企业招聘，要去台湾，

从左至右：
1. 抱着新娘头纱的伍郎。2. 伍郎看着远去的小美。

行李都寄去了台湾。吴建国看着女儿轻便的提包，有些出神。

“你喜欢啊，送给你了。”

做好炒饭，装进粉色餐盒，吴建国背着女儿的背包，准备去台湾。

人生第一次坐飞机，过安检的时候就被拦了下来，原来炒饭这种东西不能上飞机，他蹲在机场大厅的一角，默默地吃着炒饭，真的有点煳，以后还是不要做了。

坐在台湾的平溪小火车上，邻座商人伍郎拿着新娘头纱，他觉得女儿戴上一定很漂亮，没想到真的是女婿买给女儿的。吴建国喝了两瓶啤酒，拉着伍郎说了好多话。

女儿没来迎接自己，女婿还让自己教他炒饭，明明几个小时前才决定以后不要炒饭了……炒饭保持着他一贯的水准，女婿是大厨，却违心地对炒饭赞不绝口，好吧，这小伙子还算可以。

穿婚纱的女儿美得像一幅画，边哭边吃炒饭的女儿虽然不那么好看，可那是他吴建国的女儿。身边经过另一对新人，女婿看了一眼，女儿嘟起了嘴。

“你真的考虑好要娶我女儿？”

“考虑好了。”

“你考虑好了，我还没呢。”女儿还是没长大，此刻的神情好像又要拿出压岁钱，吃一个月快餐，又或者编一段新娘的多角虐恋。

“爸，你多玩几天，婚礼后我们就去度蜜月了！”

“不了不了，我是跟团来的，也要跟团走，不然浪费钱。”

女儿还在拍照，吴建国拿起电话，问旅行社自己是自由行来的，那边的团能多带上他一个不，这边他人生地不熟，他可以付全款，包括来回机票在内的团费……

在地生活 / 为了幸福嫁到台湾去

2014 年，大陆女星高圆圆与台湾男星赵又廷的婚礼庆典引发了两岸的报道热潮，不仅仅娱乐圈时尚界在追踪这样一个热点新闻，各方民众也在这一时段里，感受到了关于两岸关系和民间交往的全新走向正在涌动。此间关于“大陆新娘”的定义也有了新的诠释，更多延展阅读的空间让人们开始重新审视这一层面的历史，重新思考如何权衡婚恋价值，如何在历史的流动和缝隙中保持对人心的关照。

自 20 世纪 90 年代，开始有大陆女子以配偶身份申请居留台湾，就有了“大陆新娘”这个略带歧视意味的词，近年台湾媒体已意识到对于当事人的心理伤害，开始用“大陆配偶”取代这个词，但对于普通民众来说，因为“大陆配偶”仍以女性为主，所以仍以“大陆新娘”来称呼这些嫁到台湾并生活下来的大陆女子。

从最初，一些本就是弱势群体的女子为了寻求更好的生活环境，希望通过婚姻和依附于一个人来改变自己的命运和处境，到后来，很多人纯粹因为与台湾男子相爱而选择到台湾生活。

年代和起因都不一样了，但当她们来到台湾后，都会发现在这里生存下去，远比想象的要困难得多。由于复杂的因素，台湾当局对于“大陆配偶”的居留权、人权、工作

权、继承权等权益有更多严格的特别限制和特别条例，繁杂的申请手续和管理盲点，也让“大陆配偶”取得居留权的过程漫长而充满艰辛。二十多年来，“大陆配偶”们都在为自己维权，不断推动着各方思维模式和办理程序的转变，也促使许多不合理的条例进入修改程序。

由于观念不同，岛内民众的偏见是“大陆配偶”们每天都要面对最严峻考验。在通往幸福的道路上，最初嫁到台湾的“大陆新娘”们要克服许多无从想象的困难，有些人甚至在婚前与丈夫素未谋面。经济水平和生活习惯等的种种差异都让她们承受了太多异样的眼光和内心的挣扎苦痛。从一些媒体中可以看到这样的报道，几乎每一个“大陆新娘”都曾经有过放弃婚姻回老家的想法。可见，她们生活之艰辛，心路历程之坎坷，超越了我们的认知。随着两岸的交往日渐升级和融通，思想领域的开放引领着人们走向平和沟通的新境界，越来越多美好的爱情发生在不断融合的过程中，也让历史和时间见证了真正的变革正在发生。

在今天，回看这一段时光，不分地域和处境，对等公平的待遇仍是人类所追求的最基本权益。

为了幸福，为了爱情，人们一路忐忑一路颠簸，上下求索，也只是为了不再有被刺痛的历史和心灵。深深祝福每一位“大陆新娘”，在披上婚纱决定开始的那一个时刻，心内满满都是爱和被爱。

在地生活／走一趟平溪老街听听老故事

所有“老”的事物，都有一种令人轻易沉迷其中的怀旧感，即使这事物本身并不是我们亲身经历的，但是笼罩在“老”和“旧”之上的氛围，却有不可抗拒的眷念之情。平溪虽小，但也正因这“老”的街这“旧”的乡愁气息，引着我们靠近和欣赏。

电影《那些年，我们一起追过的女孩》中，拍摄了从三貂洞到菁桐，沿基隆河谷一路开过去的古老小火车路线，全长仅 12.8 米的铁轨穿行平溪乡，经过大华、十分、望古、岭脚、平溪、菁桐六站，是全台车站密度最高的乡。当叮叮当当的火车驶过时，城市生活中不复存在的古朴秀美风景画卷也铺陈而出，映衬影片中男女主角的青涩年代，也恰好迎合了每个人心中都不曾忘怀的记忆碎片，一帧一帧把往事定格，让青春存留在最美的那一刻。

从岭脚瀑布上来和下去都是平平的溪水，故此这里被称为平溪。基隆河在西南边狭壁处受阻，形成一池小潭，清蓝蓝的水色静美，亦是不可多得的美景之一。平溪就位于基隆河的上游，台湾本岛雨水最为充沛的所在，植被因而得到滋养。穿城而过的平溪支线铁道桥横跨在民居之上，桥墩和桥面都被厚厚的青黑色苔藓所覆盖，你可以在此暂时下车游逛一下平溪老街，顺便拍下绿色的小火车从红色墙面前缓缓驶过的浓浓年代戏气质的画面。铁轨与居民区也几乎无距离，商店门口、菜场都有火车经过，是很有意思的民情景观。

旧时平溪有金矿和煤矿，但随着矿藏开采的结束，原有的生活区和街道也走向没落，古街和村落的样子几十年都没有变化，依然好看，依然景致盎然。20 世纪初建筑起来的

二层小楼，在岁月蹉跎中仍不减风韵和棱角，行走其间，看窄巷，赏旧招牌，那些褪色的墙壁和遮阳棚里都仿佛在讲述关于这条小街的老故事。

在地生活 / 点一盏天灯放飞祝福

“天灯”就是“孔明灯”，传说是诸葛孔明在被围困时为军中互通消息发明的。清道光年间，福建惠安及安溪地区的胡氏家族迁来台湾平溪的十分寮定居，也把“孔明灯”带了过来。在山区云雾缭绕的密林深处，这一古老的通信方法让远来移民安全逃离了匪盗的视线，后来也就发展成为旨在祈福求平安的“天灯”。现在的十分，依然有众多胡姓居民，“我姓胡”与“我幸福”也谐音成趣，让平溪天灯又多了一层深意。

每到正月十五元宵节时分，平溪乡的元宵灯会就成了热闹非凡的民俗活动中心。放“天灯”的胜地石底桥上，写满祝福话语的“天灯”冉冉升起，随风远去的景象在浩荡的夜幕中尤显壮观。古街巷里亦满是放“天灯”的人们，抬头仰望，山水自然间有种大浪漫，留存心里的古雅情怀久久不散，深深铭刻在脑海中。

即使错过元宵节，也不用担心没有“天灯”可放，在平溪或是十分，街上都有老铺可买到手工制作精美的“天灯”，你也可以 DIY 一盏有自己心意的“天灯”，架上竹篾，糊上薄纸，写下愿望，燃着蜡烛，像影片中男女主角一样，去告白，去祝福，让漫天的灯火，点亮未来。

在地生活 / 喜宴美筵 也都是好忆味

台湾很多民俗风情与闽南地区非常像，在宴客方式上也都盛行“办桌”文化。“办桌”在闽南语里念 bando，音同“板兜”，其意也易懂且富情味，即“办一桌菜宴客”，延古时蜀地具乡土气息的“田席”（在田间院坝摆筵席）之遗风，却又自成一派。后也影响了香港新界、沙田等地流行起“到围”宴客的方式。现在云南、重庆等地也有“长街宴”保留至今，也是和“办桌”相映成趣且代代相传下来的鲜活实证。

台式古早味办桌宴离不开“八大庆一丧”，八大庆是订婚、结婚、满月、归宁、开市、寿宴、入厝、续弦，一丧则是往生丧宴。到了餐馆林立的现在，以“八大庆一丧”为由办桌渐少，而在举办庙宇庆典、教会聚餐、老人会、选举拉票造势等公众活动时，办桌却顺遂时代的变迁和需求办了起来，得以存续，想来也是一种安慰和幸事。

早期办桌还要“搭棚”，虽则台湾夏天炎热，但是也不能只为通风和凉爽拆棚。起灶前，要先砍竹子，再将布棚搭起，所有清洗食材、烹调佳肴的过程都在棚下完成，完全不必担心落叶和鸟粪。办桌必须“借桌”，自家的桌椅、锅碗不够用，要向亲友商借，摆的也不是现代通常用的圆桌，而是传统家用的八仙桌，四边摆上长条板凳，一边坐两人，

一桌刚好成“八仙”。

但真正决定一桌办桌菜是不是上乘，必得请到一位深藏内功、手艺过硬的总铺师。闽南语称厨师为总铺，而总铺师就是厨师中的上师，相当于现代餐饮业中的行政主厨、料理长。

办桌菜还讲究上菜的仪式感，开席前要先放鞭炮，听到鞭炮齐鸣，总铺师就知道要上菜了。摆桌时在最正位的那一桌被称为“上桌”，摆盘最为得体，也必得总铺师亲自上菜才行。上菜时菜要在八仙桌上摆成圆形，盘数一定要双数，以十二道至十八道菜为宜，内容以凉菜、热菜、汤品、甜品为主，现在有据可查的办桌菜菜式有红鲟米糕、树子鳜鱼、菊花蓝斑、五柳枝、鸡仔猪肚鳖、玉带鱼汤、草虾米糕卷、八宝丸、凤梨鸡、肉米虾、八宝油酥花条、鲁班鸭、鱿鱼螺肉蒜汤、桂花干贝、红烧鳗鱼、布袋鸡、白菜卤、炒鳝鱼、桂花鱼翅、猪脚鱼翅、红糟肉、金钱肉、鱼翅羹、白萝卜炖猪肚汤、菱角芋横、酥皮鸭、通心鳗、酢醋虾、猪脚面线、芙蓉红鲟、菱角排骨酥、芹菜鱿鱼汤、猪肝卷、南靖鸡、猪心乾坤、玉笋乾坤、凤梨炒猪肺、猪大肠炒酸笋、三杯兔等。

这浩浩荡荡的菜单代表了台湾饮食文化最高级别的菜式，有些是几十年传承下来，料理方法又不断在演进，得以保留在办桌菜菜单中，有些则因每位总铺师所长不同，做法各异，选材有差别，其口感和摆盘也都有很大不同，更有如富贵虾这种因做法过于繁杂，费时又费工而失传的菜式，虽口耳相传点滴做法的细节，却也不见谁来操作，能吃到的人就没有了。

在地美食 / 平溪办桌专门店——福昌餐厅

平溪老街六号，是古朴的“福昌餐厅”，1957 年，几位当地总铺师合开了这家餐馆，旧名“永阁楼”。台湾矿业兴盛的时候，这里是平溪最繁华的餐厅，以地道的台式办桌菜闻名。虽然如今矿井都已荒废，但凭借对食物的执着，餐厅依然故我，虽然没有与时俱进的华丽外饰，但是吃一味古早味办桌菜，这是不能过而不入的地方。

如果你春季到访，正是珠葱最鲜甜的时候，清炒珠葱，会让你重新认识“葱”这个一直以调味料自居的食材。倘是秋末初冬，大抵 11 月来此，平溪盛产的“箭笋”非常值得一尝，还有许多老饕看准时候，就为了尝一口这箭笋的头鲜，新鲜软嫩的箭笋，加入白豆豉和辣豆酱，以快炒留鲜味，脆口爽利颇是下饭好菜。“佛跳墙”虽是宴席上的常客，但是在福昌却是老客们均推崇的招牌菜。醇香的汤头中多样精挑的食材，汇成丰富口味，必得人垂涎，非大啖其味方可休。“芋屯三鲜”一般餐厅很难见到，从摆盘到入口，都是浓浓的古早味，相当值得一啖。白斩鸡也是店里招牌，肉质鲜嫩清甜，略有咬劲，不加蘸酱口味清爽，加上蘸酱则有一点微辣，可依喜好自行选择。

逛逛老街，看一看老风景，听一听老故事，再品一品办桌古早味，平溪，才算是走一遭。

伍郎的特选餐单

白斩鸡

白斩鸡是南方菜中过于出名的一道，以上海白斩鸡最为出名。烹制时不加盐调味，现吃现斩，以鲜白之味招惹食欲，遇上好、鲜嫩的鸡肉，才能食出清爽微甜之味，可清口不蘸酱，也可以蘸酱油或甜辣酱，因此满足了更大众的口味，成了最受欢迎的宴席菜之一，是上海人的至爱，也是平溪福昌餐厅的招牌办桌菜。

清炒珠葱

珠葱是平溪特产之一，由一般俗称的红葱头种植采收而来，原本作为调料使用，但是在平溪、双溪、贡寮、乌来等地被当作青菜食用，也是地方上的一大特色。珠葱一年四季皆有产出，以春季的珠葱最为甜美，一碟清炒珠葱，可以为你的平溪之旅添上一点甜味与香气。

古早味汤圆甜汤

办桌喜宴上的汤圆甜汤有团团圆圆、美满甜蜜的祝福在里面。台湾本地的古早味汤圆可说是最普遍最精妙的一种存在，似是从小吃过无数次，却又百吃不厌回味无穷。台省各地都有极富盛名又传承几十年的甜品店，都可吃到外在 Q 弹软滑，内在饱满扎实的甜汤圆和咸汤圆。嗜汤圆者遇各种馅料和不同搭配，也常会陷入选择障碍的苦恼中，当然也是幸福的苦恼。

| 伍郎看法 |

下厨房的男人

男人下厨，在现在看来很普遍，就是蜀黍，偶然也会在朋友的怂恿下，露上两手。但是回忆起小时候，他说父亲是不做菜的。

父亲是黄埔军校 17 期的毕业生，中校，政治系教授，对蜀黍和哥哥完全是军人式管教，几点起床，几点开始朗读课文，都有明确规定，怎么看都是个非常正统严厉的父亲。但是父亲却用另一种方式在下厨房。蜀黍笑着说，父亲虽然不动手烧菜做饭，但在母亲做菜的时候，父亲总会拿着一本发黄的《媛珊食谱》从旁指导，和别人家相比，他们家的菜品总会特别丰富，每次在家里招待客人，大家都对母亲的厨艺赞不绝口，父亲心里肯定也美滋滋的。

父亲也不善表达自己对孩子的爱，这点上来说，大多数父亲都一样，小时候蜀黍生病，夜里咳嗽，父亲第一时间就跑到他的房间，测体温，帮他盖好被子。后来蜀黍每每故意咳嗽，父亲也都迅速抵达现场，关怀备至，假装不知道是这个小活宝使诈。

蜀黍说，自己是家里最小的孩子，即使成年后，都买了自己的房子，父亲仍不放心，最后离世将家里的十几处地产都给了他。“都给你吧，你哥有谋生的能力，不用我担心。以你贪乐的个性，大概很难有什么作为。你喜欢玩什么就玩什么去吧。”这是父亲的话，父亲善辞令，不善表达爱，不做饭菜，却下厨房。

脚步 /
从瑞芳出发

从瑞芳出发，乘小火车饱览平溪线风景，或者打车上山，寻找宫崎骏笔下的天空之城。

猴硐

猴硐被称作“猫村”，这里曾经是台湾最大的煤矿场，矿场关门后，工人们也走了，留下了很多猫咪，好心人士就把这里变成了猫乐园，还给猫咪们设计了卡通形象。这里的猫咪都是淡定系的，一点不怕生，所以任何人来都能一起愉快地玩耍。猫造型的摆件、凤梨酥，这里有一切你能想到的猫周边，猫奴们来这里，完全迈不动腿了呢。

三貂岭

很少旅游攻略会推荐这里，这一站下车的基本都是本地居民，但是如果你热爱自然风光，请不要错过三貂岭瀑布群，自上游而下，新寮瀑布、迷魂洞瀑布、琵琶洞瀑布、摩天瀑布、合谷瀑布群，听着蝉鸣鸟语，看着潺潺流水，没有熙攘的人群，这样的火车之旅也别有一番风味。

十分

原本叫作“十分寮”的小村落，因为有“台湾的尼加拉瓜瀑布”而吸引了许多游客。文艺青年可以在这里找到侯孝贤《恋恋风尘》的踪影，小镇的铁道，充满 20

世纪的风情，随便走走就是一幅画，在长长的静安吊桥上听基隆河的水流，来到十分，必有十分欢喜。

平溪

中国版《孤独的美食家》拍摄地，“天灯”的故乡，还有古早味的总铺师美食，上文介绍得很详细了，所以，还有什么有趣的，还是等你自己来发现吧。

菁桐站

平溪线的尽头，可以在铁道上尽情地拍照，在这里，常常会撞见“新人”，本话中伍郎回忆起和小美的那段过去，就是在菁桐拍摄的。台湾的文艺电影也对此青睐有加，这是个适合描写爱情的地方，车站附近还有一座红色的情人桥，据说一对男女一起走过便会幸福美满。来菁桐，邂逅一段爱情又何妨呢？

九份

九份不通火车，从瑞芳的出租车站花 180 元新台币打车，就能抵达九份。九份因为开始只有九户人家，买东西总是买九份而得名，这种质朴的得名尤觉可爱。拾级而上，九份芋圆、阿婆鱼羹、雪在烧，边走边吃就能抵达观景台俯瞰九份夜色，宫崎骏《千与千寻》中的天空之城，就是以这里为原型的，被灯光点缀的山城，仿佛不是人间烟火，只有梦里的繁华。

伍郎的散步地图
平溪线铁道之旅地图

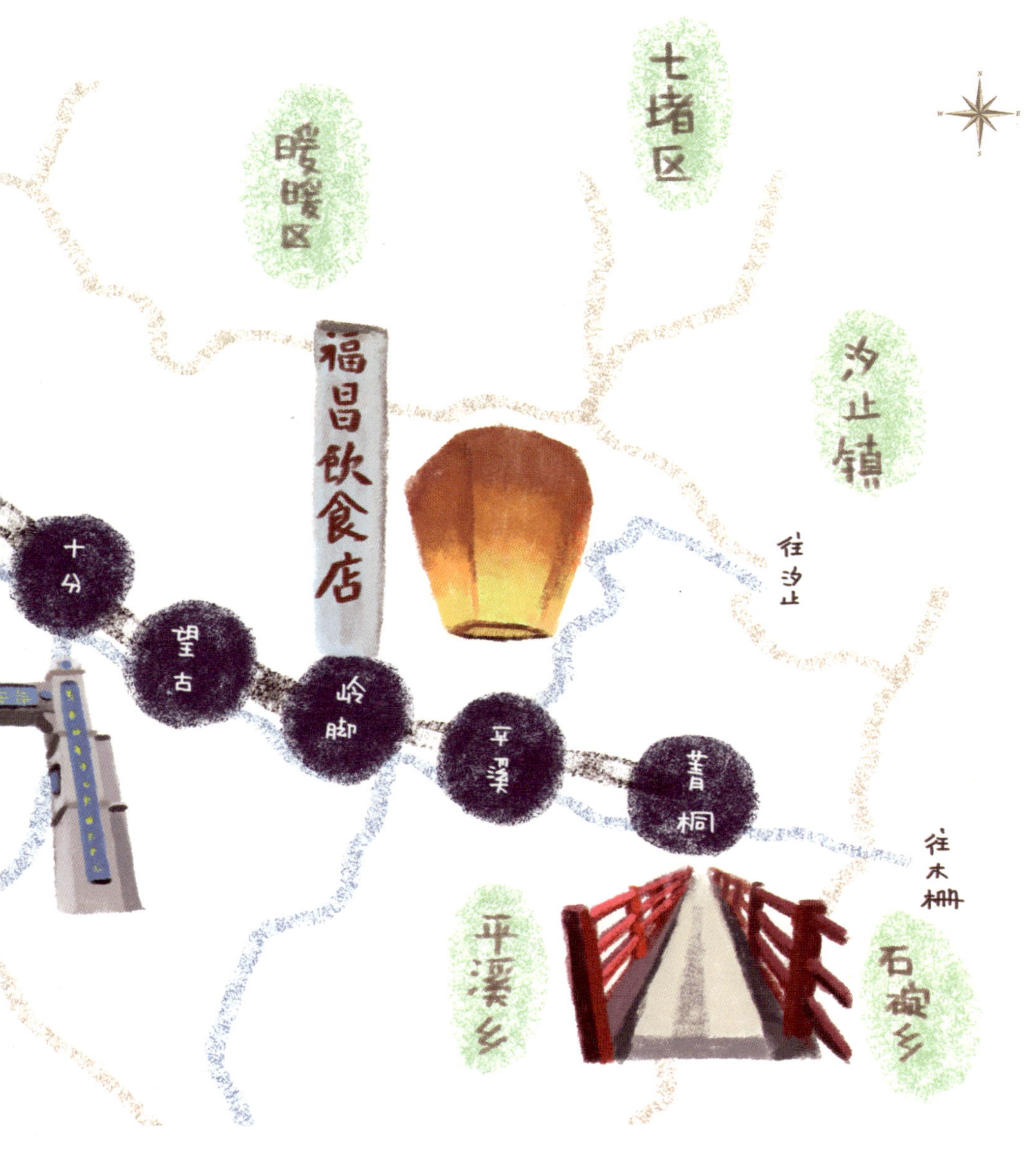

拍摄地点：台北迪化老街 / 宁夏夜市

第二话

千金方

本话食物

药炖排骨

里长伯臭豆腐

可乐饼

地骨露

烧麻糬

虱目鱼肚汤

故事 / 千金方

小时候，仁和同学说起老爸的时候，总有一种浓浓的自豪感，因为老爸每年都会失踪一段时间，回来的时候，有时候还会带着伤，他觉得老爸一定是去做超级英雄了。

上中学的时候，他开始替妈妈担心，那时候有同学的爸爸失踪了，再也没回来，听说跟二奶走了，仁试图跟踪老爸，但是一下就被甩了。他问妈妈："不担心老爸再也不回来吗？"妈妈只是笑着说："他没那个胆。"

联考那年，老爸失踪前，从自家中药铺的匾额后面，取出了一个八宝箱。当时正流行清装戏，想到晚 8 点档里康熙就是把遗诏放在了正大光明的匾额后面，仁不胜惶恐，觉得老爹这次是要一去不复返的节奏。他收下了八宝箱，答应帮老爸保存，还特别抱着老爸依依不舍，说自己一定会替老爸照顾好老妈，让他安心上路。

"臭小子，咒你老爸！"

第二天，仁的脑门被老爸的一阳指弹肿了。

老爸走后，仁悄悄打开了八宝箱，里面全是药方，仁并不觉得奇怪，自家从爷爷的爷爷那辈开始便是开药铺的，存很多药方理所当然，不过既然这样藏着一定有它的

从左至右：
1. 伍郎在宁夏夜市巧遇台南女人。2. 伍郎走在中药铺间。3. 仁在翻看中医书。

道理。仁偷偷拿着药方，去问了几个相熟的老中医，没有人知道这些药方治疗的病症，仁自己翻阅医书，也一无所获。那年夏天，仁的大学志愿报考了土木工程系，弄丢了一张药方。

“臭小子！先斩后奏！”

那年夏天，仁的脑门又被老爸的一阳指弹肿了。

那年夏天，仁看见老爸又往八宝箱里放了几张药方。

仁问老妈，他们家是不是有什么隐性遗传疾病，从爷爷的爷爷那一代开始就出去找药方，比如家里的男丁都活不过 60 岁之类的……又是一个一阳指，老爸听了呸呸呸了好几声，说儿子想象力这么丰富怎么不去当作家，读什么土木工程。于是药方的话题又这么被老爸糊弄过去了，不过老爸说到了适当的时候，会告诉仁的。

仁上大学期间，老爸还是每年玩失踪，每年回来。仁偶尔会抬头看看匾额，想想里面的药方，不过已经不再做天花乱坠的想象，人总得有一两个自己的秘密。

吃完晚饭，一家人照旧一起坐在电视机前看时事新闻，如果有一些灾害性的新闻，

老爸会更加留心。看完新闻老爸还要翻阅当天的晚报，仁偷瞄一眼认真看报的老爸，老爸大概是希望自己学医的吧，不过仁觉得造一些具有实用性的房子，可以帮助一些有水患或者地面塌陷等灾害地区的人也很有意义。有这种想法，可能也得益于父亲爱看这类型的新闻吧。

“臭小子！想什么呢？”

“哈哈！没打到！你老了哦！”

对付老爸的一阳指，仁已经学会了神闪避。又或者，是老爸上了年纪，已经不那么灵敏了……

老爸又失踪了几天，这次仁帮老爸订的是去台南的车票，台南刚刚被台风扫尾，新闻播出的场景不容乐观。老爸回来后，在网络上找了一家“伍郎的店”，请店主帮忙上福建找药方。

这天老爸吃过午饭出了门，这位叫作伍郎的先生带着药方来店里，仁认得这药方就是自己弄丢的那张，而这位伍郎先生，也不知道药方是治疗什么病的。店里又来了一个女人，说是来买药方的，老爸进门，拿了一大笔钱给伍郎买下药方，又以三十年前的价格，卖给了女人。这笔买卖亏了不少……

左页 / 伍郎沉浸在夜市的美食中。
右页从上至下：
1. 迪化街的屈臣氏大药房。2. 迪化街著名的霞海城隍庙。3. 中药店老板（仁的老爸）用三十年前的价格把药方卖出。4. 女人从台南来台北买药方。

“要是我妈还在世的时候，能买回这个包治百病的药方就好了。”女人头上别着丧志，声音微微颤抖。

“这个世界上没有包治百病的药方啦。”仁又吃了老爸一记一阳指，这次闪避不及。

在确定这个药方可能毫无价值的情况下，女人不知所措，看得出来，买药方的钱，已经是她的全部，她家里还有一个生病的丈夫。老爸走到柜台后，拿出一个厚厚的信封，再次向女人买回了药方。

女人从台南来，老爸不久前去过。仁想起每年天灾人祸最多的季节，老爸的失踪，一切顺理成章地联系了起来。老爸每次失踪，大抵都是跑到受灾的地方买药方，求着灾民卖给他一些有的没有的药方，以此来接济灾民，正常的药方就放在店里保存，江湖郎中的方子就放进八宝箱。

八宝箱里是名副其实的“千金方”，老爸不但用千金购得，对于很多人来说，这一纸方子换来的钱，也是救命的良药。仁头一次觉得老爸的头上有光环，他给了老爸一个熊抱，老爸果然是他的超级英雄！

假期到了，朋友给仁打电话，约他出去玩，他看着老爸。

“以后假期，我决定玩失踪了！哎呀！”仁又狠狠挨了老爸一记一阳指。

在地生活 /
柔化百年沧桑的迪化老街

从大同分局车站步行至迪化街，沿路慢慢体会旧时街市生活的片段和气息，那些留存在记忆深处的细节，在眼前渐渐浮现铺陈。这一段仅 800 米长的活在现代的老街，在网络时代的冲击下，依然故我，不得不说是新一辈人的幸福所在。相隔仅几百米的淡水河大稻埕老码头见证了百年变迁，老铺子光彩如初，新鲜的艺文店也在萌发自己的气质和风格，交替的节奏复杂而轻快，有混搭的美感，也有错落的型格。

走在迪化老街上，不时要抬头仰望，欣赏那些林立的中西建筑。明朗的现代主义式建筑，有序理智的设计风格给老街平添简洁的线条。以红砖建起的南洋楼已经鲜少见到，密致繁复的檐间线脚，配以中式的匾额和装饰，在异域风情之外，又融合了中国人熟悉的屋宇特色。而真正能一窥当年富甲的建筑当属巴洛克式，在迪化街中段和南段都可见这壮观的楼宇，高耸的山墙，细致华丽的花式纹样，雕塑般的外立面，历百年风雨，依旧令人叹为观止。

承继一百五十多年的发展史，经历了繁盛和衰落，今天的迪化街格局与当年并无二致，遍布狭长的街道间有一百多家纺织公司、三百多家布行、两百多家中药材铺承祖业有序地经营着。论商业地位，迪化街仍是台湾最大的布匹、药材、南北货的批发地，每年产值超上千亿元新台币。许多响当当的大企业都从这条街起家，有人说迪化街的发家史与犹太人闯荡纽约华尔街的故事相比也毫不逊色。探究迪化街的历史，会发现这里有传统的冒险精神，有人情信用经营出的人际商业圈，有虽富却格外低调的作风。不起眼的老店藏着财富，也藏着精道老派的经商和为人之道，不失为年轻人打拼的学习之地。

迪化街的名头很响，是台北最完整最有历史价值的老街，也是台北最有“年味”的街市。每到春节除夕之前，这街就化身“年货大街”，几百间铺子迎来送往的南北宾客都忙着购买各式干货、茶叶、小食，颇有回到多年前大稻埕最为荣耀的光景。传统的生意，民俗的景致，迪化老街活在今天仍然恰如其分，生活格调上也不落俗套，温柔敦厚的俗常氛围最引人流连忘返，一百多年的经历也不过是沧海一粟，往前走，不停走的永续经营之前景，想必也是近年来文艺青年选择这里开店创业的原因。

在地生活／传统中医的世道人情

迪化街有两百多间中药铺，大多数的铺子从祖辈就开始经营，走进任何一家，都会闻到浓浓的中药味，也会感受到岁月冲不淡的“古早味”。一间紧挨一间的店面，格局都极类似，入口处摆放散装的中药材，供顾客随意挑选，在不宽的街道边齐整地排列着，经过的路人常常看到新奇的药材就停下来闻闻问问，充满传统市集的亲切感。更有熟识老客来此开方抓药，承袭过往街坊间的依存关系，将失散的人情和信任关系紧紧锁定。

台湾本地对中医和中药材的认知也经历了几百年的演化过程。最初台湾当地居民以巫医之道祈求神灵赐予健康和护佑，

后来他们在长期的生活实践中掌握了一些原始的医疗保健方法，但还处在较低的水平。明清以后随着船只制造技术的提高，大批大陆人移居台湾，也带来了先进医术和优质中药材，开办中医学堂和医馆，授医施药，更发掘了很多本地独有的中草药。但台湾由于地理位置所限，大多数中药材主要来自大陆。

迪化街的老药铺，多数都是医药分开，并没有医师坐诊，虽然药铺只管抓药，但是也会有一些基础的调理药方，他们把药方贴在柜台上，供客人参考。四物汤补血活血，四君子汤补气益普，八珍汤补气血两虚，这些基础的中医方剂，在药铺店都能找到，也有即食的中成药。店家说现在来这边的客人都是买些干货，再买些药材，做些药膳来调理身体，食补之道，循序渐进，像极了台湾的世道人情。

在地美食／夜市逛逛逛 小吃吃吃吃

早年间的台北，大稻埕商圈的圆环夜市独树一帜，宁夏路夜市只是因邻近圆环夜市才兴起的，但随着圆环的落没，许多老字号摊商也从老圆环迁至宁夏路营业，宁夏夜市从此声名鹊起，因此，几十年历史的店铺比比皆是。宁夏路在民生西路和南京西路之间，不长，只有 300 米，白天行车，到下午 4 点封闭路两端开档，是台北少数将摊贩集中在路中央的夜市，据说也是营业时间最晚的夜市。

宁夏夜市可称为市民夜市，少有游客，路虽窄，却不见拥挤。小吃也以台湾传统特色为主，其味地道料足，其价低廉实在，品种多元丰富，应有尽有。老食档最重口碑，做的更是本地老客生意，店家勤恳敬业，照老方烹调，以保口味几十年不变。蚵仔煎、蚵仔面线、台南碗粿、猪肝汤、郭鱼汤、虱目鱼肚汤、鲁肉饭、药炖排骨等，都是必吃必尝的在地美味，日式章鱼烧、上海生煎包、蒙古烤肉、新疆烤羊肉串这些大陆常见的食物，也做得非常好吃且有自己的特色。更有蛋黄肉松芋饼与芋丸这样的创新美食大受欢迎，每天都大排长队，供不应求。

台北与很多南方城市有相似的天气，白天炎热不宜出行，所以极重视夜生活，每到夜晚就是人们吃喝游玩的最佳时刻，夜市文化由此渐成规模。即使在午夜，台北大大小小的夜市也是人声鼎沸，满满当当的人群和食物，呈现出一幅老成纷繁的生活画卷。所以，来台旅行，逛夜市吃小吃绝对是无法避开的保留节目和必修课。

伍郎的特选餐单

药炖排骨 / 75 元新台币

台湾的冬天时有多雨阴冷的天气，需要一些药膳来进补。药炖排骨可以视为台湾的特有肉骨茶，与南洋肉骨茶所用香料有很多不同，但都是以猪肋排和瘦肉块加中药包进行熬煮。很多夜市如宁夏夜市、士林夜市里都有出名的老字号专营药炖排骨。店家精心选择十几种中药材，在炼药汤桶中秘制多个小时，直至药味和精华全部融入汤内，且把苦味蒸发掉，再配以姜和酒，让味道更醇厚香浓。四季食用，可以促进血液循环，舒缓骨痛畏寒等症状。

里长伯臭豆腐 / 45 元新台币

臭豆腐自古就受国人喜爱，各地都有不同的做法和吃法，名虽俗气，味虽奇怪，但仍是历史悠远的中式传统小吃之一。里长伯臭豆腐颜色炸得很清淡，看着就有食欲，是新油炸的，味道其实也没那么臭，酥脆正好，香浓适中，哪怕是平时吃不惯臭豆腐的人，亦可尝尝。配的甜酱油和甜辣酱，搭的泡菜正好平衡了淡淡的油腻感。

可乐饼 / 30 元新台币

可乐饼原本是法国食物，由法国传至日本，又由日本传至中国台湾，漂洋过海后，台湾可乐饼也有了本土的特色，外皮酥香，口感绵密，入口即化，有芝士、咖喱、蔬菜等多种口味。

地骨露 / 30 元新台币

要解释什么是地骨露，就要从原食材地骨皮讲起。地骨皮其实就是枸杞根的皮，冬天挖枸杞的根，取其皮入中药，有降压清热、凉血退热之功效。闽南地区，人们为避暑热，就将地骨皮与甘草、杭菊、麦冬等一起熬煮，甘苦相依的味道中可加蜂蜜调和，在炎热的夏天是消暑解渴的最佳选择之一，也是很多老一代台湾人记忆中夏天的味道。宁夏夜市的地骨露摊，已是超六十年的老摊，现已传到第二代手中。透明袋子分装的插上吸管就喝，让人一下子回到小时候的市集。

烧麻糬 / 40 元新台币

林先生和妻子共同创下了“林记烧麻糬”，在宁夏夜市已是经营了数十年的老字号。他们对食材的选择极为严格，纯手工现场制作，也保证了让顾客吃到最新鲜美味的食物。招牌烧麻糬，手工搓揉后，在纯糖水中滚煮，浮在水面上颗颗晶莹剔透，Q 弹的口感，又不甜腻，搭上特制的花生粉和芝麻粉，四溢的香味真是叫人难忍食欲。

虱目鱼肚汤 / 95 元新台币

虱目鱼被赋予“台湾第一鱼”的重要地位，肉质鲜甜油脂嫩，鱼皮胶质丰富，更可养颜。虱目鱼肚汤是台湾大街小巷最常见的海鲜料理之一，此汤中的鱼肚指的就是鱼身，而非鱼鳔。新鲜的鱼肚加姜丝米酒烹煮，汤头清甜，鱼肉鲜软，油脂更是肥嫩，不加任何调味，就已经令人赞不绝口。夹一小块鱼肉，蘸上一点台式甜酱油，口味又提升了一个级别。初冬夜晚，清雨之后，喝一口鱼肚汤，细滑幼嫩，姜味浸脾，甚是暖心。

| 伍郎看法 |

来夜市找伍郎蜀黍

蜀黍虽是台湾人，但是他说，好多地方，都是拍戏了他才去，以前是知道这些地方，但是每每回台湾，还是愿意一个人待在家里，与书为伴，与猫为伴。

那么迪化街呢？

蜀黍说一直知道是年货大街，但是也没有刻意来，想想也是，好多当地人，通常不去当地的著名景点。

关于夜市，蜀黍有什么推荐吗？

蜀黍喜欢宁夏夜市，士林早已名声远播，饶河又人多拥挤。唯独宁夏，短短300米，却囊括了各色好物，猪肝荣仔、知高饭、虾仁包蛋、刘芋仔等美食，不过拍摄时吃的烧麻糬他要缓一阵子才敢吃了，因为拍摄期间，我们都吃了好多，麻糬是糯米制品，宁夏夜市又是出了名的足料，再好吃的东西，也把蜀黍吃腻了。不过虱目鱼肚汤倒是不介意多来几碗，蜀黍果然是伍郎上身。

夜市的中后段基本都是游戏摊贩，蜀黍说小时候玩的好多游戏都还在，比如捞金鱼，小时候也不为什么，就是觉得来了夜市必须带一点回家，看中喜欢的鱼，小心翼翼地放平纸网去捞，完全可以想象当时专心捞鱼的蜀黍——小伍郎有多可爱。

蜀黍喜欢夜市，他说好多小东西，平时商场没有，还真的要从夜市去找，想想蜀黍走在夜市中寻觅小物的样子，边走边吃的情状，那不就是伍郎吗？

脚步 /
来大稻埕品老台北

寻找老台北的风貌，所有台湾人都会推荐你来大稻埕，从这里开始探寻今日台北城中的如烟往事。

大稻埕码头

现在的大稻埕码头，台湾人比较喜欢叫它“五号水门”，这个位置已经没有了当年装卸货物的景象，但是我们却可以在这里搭上“蓝色公路”，游览台北河岸的美景。听台湾的策划人李老师说，这边的蓝色公路在他年轻的时候，是淡水上班族的交通工具，以前没有捷运，大家都会一起赶船上班下班，久而久之也有不少“公路爱情故事”发生，促成了不少大好姻缘。

登上大稻埕码头的游船，你不仅可以饱览淡水河美景，欣赏水面分为两色的出海口，也许还有不期而遇的爱情在等着你。哦，这里的日落也不容错过，无论是在大稻埕码头，还是在蓝色公路的另一站淡水，台湾的日落，你不会想错过。

地址：淡水河畔的5号水门处，环河北路与民生西路口

大稻埕戏苑

第一次来，借着工作之便，有幸进了戏苑，曾经大稻埕最负盛名的“永乐座”，内部装潢已经是现代模样，剧场里正在排练越剧，布景景致简单，演员很认真地排练，我也不便打扰，只好关上剧场的门。我最想看的歌仔戏没有看到，好在楼下有不少陈列戏偶的地方，从古早的傀儡戏，到金光布袋戏，甚至现在爆红的霹雳布袋戏都有收藏，现在不仅仅是高新科技挣钱，这些老手艺同样价值不菲，作家好友就喜欢霹雳布袋戏，曾经在家里养过一尊，光是布偶的头，不同雕偶师的价格就不一样，中等价位就要小 8000 元人民币，这还是四年前的价格。

第二次来，刚巧妈祖诞，附近搭了野戏台，幸运地看到了歌仔戏的演出，虽然给人的感觉有些“穿越”，演员虽然身着古装，但是直接拿着硕大的麦克风在演唱，这是第一次看到这种形式的传统戏剧表演，那种感觉有些不好形容，可能一直做电视的缘故，很想拉着演员下来，给他们戴一个小蜜蜂，或者戴一个头戴麦克风，总觉得解放双手之后，他们的肢体互动会更好。

第三次来，事前上了戏苑的网站查到戏苑的上演剧目和时间，到窗口买了票，和友人约好，正正经经地看了“永乐座”里的演出。戏苑的演出类型很丰富，多以传统的戏曲为主，京剧、昆曲、越剧，还有台湾传统的歌仔戏，有时间不妨来看看。

戏苑地址：台北市大同区迪化街一段 21 号 8、9 楼
联系电话：00886-2-25569101
营业时间：周二至周六 09:00~21:00，周日 09:00~18:00，周一公休

永乐市场

原本说的永乐市场只是指的传统布市，如果你未做攻略就硬生生走进来，恐怕会被惊到。这里完全就是手工爱好者的天堂，纵横交错的狭窄过道，紧密相连的一家家布匹档口，各色花纹样式的布料应有尽有。虽然每间档口的面积不大，却层层叠叠摆放了无数布匹，有专营台湾老布的，也有专营日本布料的，更有西洋进口缝纫工具的专卖店。老布行有种老式的美感，招牌的字体温厚老实，布料摆放得也整齐有序，店主又客气又专业，一路游逛下去不忍错过任何一家。

现在说起永乐市场，来旅行的人们的第一反应，绝对是永乐市场的小吃。永乐市场的小吃，大部分并不在楼里，而在对面的街边。台南土魠鱼羹、民乐旗鱼米粉汤、条仔米苔目、佳兴福州鱼丸都是有年头的小吃了，无论本地人还是游客都是赞不绝口的。如果你喜欢甜食，那么永乐市场一楼的颜家花生汤一定不能错过，花生汤浓稠得可以拉丝，而台湾的新鲜油条也是一绝（在台湾，你会发现油条是一日三餐什么时候都能吃到刚出锅的，而不是早餐的代表），花生汤加油条，不试不知道！

市场地址：台北市大同区迪化街一段 21 号
联系电话：00886-2-25554341
营业时间：周一至周六 9:30~18:00，周日公休（各个小吃摊营业时间不一）

霞海城隍庙

如果有爱，不得不拜！这边虽然主神是城隍，但是月老的人气却非常旺。来过三次，每次都是前方日语，左边韩语，右边粤语，听本地人说，这边的月老非常灵验，在日韩尤其出名，许多人是慕名而来，也有不少是求了好姻缘，带着另一半来还愿的。庙方也安排了会各国语言的人才，以便大家参拜，不过我们懂中文的，只要看一下殿外挂着的流程就能大体明白了。具体的参拜方式，我们中国版《孤独的美食家》番外里也有详细的介绍哦！

庙宇地址：台北市大同区迪化街一段 61 号
联系电话：00886-2-25580346
营业时间：06:16~19:47（全年无休）

伍郎的散步地图
大稻埕散步地图

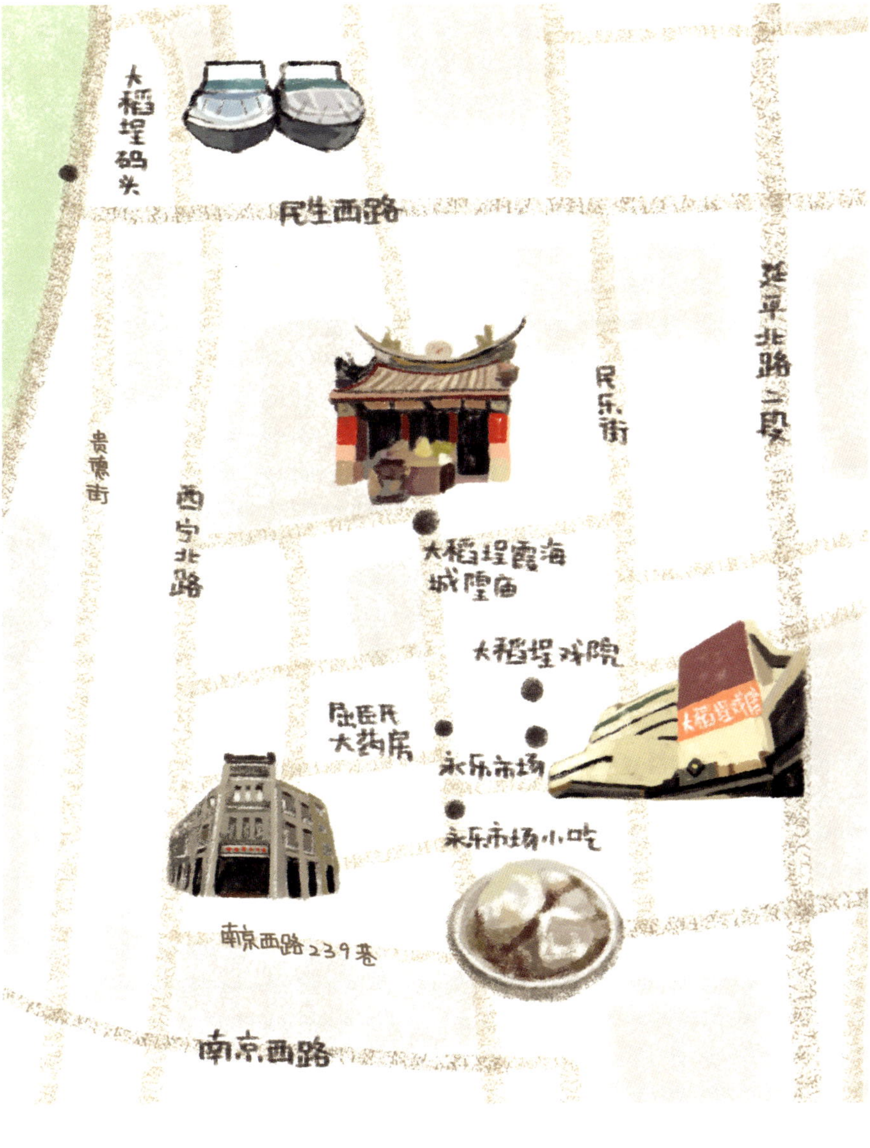

第三话

珍珠·奶茶

本话食物
珍珠奶茶
炒高丽菜
小鱼炒豆干
菜脯蛋
红烧排骨

拍摄地点：春水堂人文茶馆/自助餐厅

故事 /
珍珠 · 奶茶

男人叫陈翰笙，女人叫林珍丽，两人走到爱情旅馆门前，停住了脚步，这一步他们走了十年。

十年前，他们一同在春水堂打工，一起摇奶茶。

“好羡慕那对情侣哦，能一起喝珍珠奶茶。”林珍丽拿着雪克杯，嘟着小嘴，一脸羡慕的表情，这样的表情本就讨喜，尤其是放在林珍丽身上，忍不住让人想亲近她。陈翰笙停下了摇奶茶的手，空出一只手，莫名地想去摸摸林珍丽的脑袋，这种他习惯的安慰方式，他在自家的小狗“珍丽”头上反复试过几次，效果显著，说不定对真人也有用呢。

他悄悄走到她身后，不无得意地要“下手”，林珍丽突然一个转身，陈翰笙吓得立刻缩回了手，马上说道：“你不是乳糖过敏吗？想什么呢？”

“你还咖啡因过敏呢，不是照样喝不了奶茶。”林珍丽有些不服气地顶嘴。

“那我们要是在一起，就是世界上第一对不能喝珍珠奶茶的……”

从左至右：
1.伍郎来到和客户会面的春水堂。2.服务员将客人大炳落下的文件交给伍郎。3.汽车转运站，两人擦身而过。

“好朋友！”林珍丽迅速接了话，“突然觉得自己有点可怜呢。”

“有我陪你啊。”陈翰笙的眼里是宠溺的，但是表情上依然收敛着。

“我们不是应该共同进步才对吗？干脆这样，我们一起努力，五年之后，在这里一起喝珍珠奶茶好不好？”

几天之后，他才知道，之所以是五年，是因为林珍丽马上要去高雄当记者了。

“好吧，让我们等彼此五年。”

开始的两年，陈翰笙留在台北当助教，非常累。刚开始他急于求成，总喝很多茶，校医都厌烦他来保健室了，要不是校医是个大叔，一定以为这位新来的助教是想追他。喜欢他的女大学生不少，但是他看这些学生，却从来没有摸她们脑袋的想法。

林珍丽刚报到，就得到了重要的新闻，记者之路很顺利。她会悄悄地喝点奶，但是每次跑外勤时就会特别难受，同组人发现了，开玩笑地考问她。为了不耽误工作，渐渐地，

她只在假日试着喝奶，但是记者的假日，太少了。她安慰自己，反正五年，五年还长。

“今天喝的什么？”陈翰笙在视讯里问着，喝了一口茶。

“来自北海道的新牛奶。”这是为了今天的视讯，特地买的奶。她当然不会说自己对奶的反应实在太大，她不想让他失望。“桌上的是什么？又是学生送的，不会是情人节礼物吧？”

“对哦，原来今天是情人节。”陈翰笙本不在意这些礼物，只是今天鬼使神差地将礼物摆在了桌上。

“那你白色情人节是不是要回礼啊。好羡慕啊，都没有人给我送礼物。”林珍丽略带醋意，但两个人从来没有确定过关系，所以也没有什么立场。

“白色情人节，我送你一份！”陈翰笙早就有了打算。

“好啊，我们交换礼物好了！”

白色情人节那天，陈翰笙申请调到了高雄，成为正式老师。林珍丽却被派往国外。

四年过去，陈翰笙终于能喝珍珠奶茶了，他来到他们打过工的春水堂，还和珍珠奶茶拍了合照。

从左至右：
1. 两人路过爱情旅馆，尬尴地转身。2. 最终只能喝牛奶和红茶的两人带着各自的孩子。

“我终于能喝珍珠奶茶了，要不要把我们的约定提前？”在发照片前，他还是发了短信。

“可是我还不能喝牛奶，更不用说珍珠奶茶了……”林珍丽那边是晚上，从睡梦中惊醒的人可能特别没脑，从那以后，她但凡被吵醒，都会缓 2 分钟再说话。

“他们要留我，你说好不好？”林珍丽期待着陈翰笙让她回去。

“好啊，好事……”陈翰笙虽然不情愿，却把这问题当作了拒绝。

陈翰笙删了自己那张拿着珍珠奶茶、笑得傻呵呵的照片。

五年后，约定的时间。

“原来已经有无乳糖的奶了，她会知道吗？”陈翰笙把牛奶放回货架，拿出电话，始终没有拨下去。

“现在说，我能喝牛奶了，太晚了吧。”林珍丽从货架上拿了两瓶奶，去结账。

超市门口，两人一个向左走，一个向右走。

“如果我当时让她回台湾，现在又会怎样？”

“如果我当时主动一点，现在又会怎样？”

十年后，他们一起在春水堂喝珍珠奶茶，陈翰笙把珍珠挑出来给林珍丽，他们起身去接孩子，路过爱情酒店，尴尬了一阵，转身去了儿童才艺班。各自的孩子学习了他们平日的习惯，一个爱喝奶，一个爱喝茶。

“他们两个肯定有什么，那两个孩子，不会是同父异母的兄妹吧。”说话的是征信社的探员大炳，也是伍郎的常客，他是被林珍丽的丈夫雇来监视的。

“爱喝牛奶和爱喝红茶的孩子吗？做父母的果然只能咀嚼着回忆里的珍珠，想象那杯珍珠奶茶的滋味了。”伍郎想着，肚子又饿了起来。

在地生活 /
珍贵却不贵的珍珠奶茶

在全世界的范围内，有很多地区和民族的人们都有喝奶茶的习惯。相传文成公主入藏时，不仅带去了茶叶，也带去了烹茶的技艺，进而又演变成用牛奶、羊奶煮成浓醇香润的奶茶。北方游牧民族喝的奶茶被称为草原奶茶，用茶砖加鲜奶、盐煮制，在冷寂的草原之上，这一杯咸热的奶茶可驱寒可养神。港式奶茶又被叫作丝袜奶茶，以红茶加鲜奶、糖制成，在茶餐厅、快餐店、大排档都可以喝到，亲民的价格，温驯敦厚的口感，非常有港味调调。

而在台湾，春水堂的创立和发展，对如今人手一杯的“珍珠奶茶”来说，弥足珍贵。春水堂创办人刘汉介深谙祖国茶艺，也潜心钻研日本煎茶、抹茶。当他想到台湾四季炎热，不宜长久地喝小壶热泡工夫茶时，就尝试研究新的饮茶方式，调制出“珍珠奶茶”，短短时间里就一时风靡。这种让“茶”和“喝茶”都变得轻松随意起来的创造，让“喝茶”少了庄重和繁复的仪式感，让日常生活中的更多场景中，都有了“茶”的陪伴。

珍珠奶茶中最重要的一味便是“珍珠”，离开珍珠奶茶，台湾人习惯叫它“粉圆”。

粉圆的传统做法是用地瓜粉加水拌匀，搓揉成粒，再以筛网筛出。煮熟的粉圆黑亮晶透似“珍珠”，故得此名。好粉圆必是有弹牙的劲道，不粘连，吮引入口时能感觉到轻柔润滑的口感。粉圆一般直径约为 5mm，吸管直径为 8mm，此规格据说从 1987 年至今都未曾改过。

同样未曾改变的是台湾人对珍珠奶茶的热情，直至今日，珍珠奶茶仍稳坐中式饮品的销量宝座。无论儿童还是成人，都对珍珠奶茶情有独钟，所谓的区别只在如今让人眼花缭乱的搭配中取舍而已。

来到台湾，你会看见大街小巷都少不了泡沫红茶店的身影，“五十岚”“都可”这些平价的小店，每杯售价在 40 元新台币上下，夏天卖冰饮，冬天卖热饮，日日生意不断。但如果你想感受珍珠奶茶究竟魅力何来，推荐上春水堂走一走，尝尝珍珠奶茶的初始滋味。可说到珍珠奶茶真正有感觉的喝法，最好还是要回到街头，炎炎热浪中喝一口冰爽的奶茶，嚼嚼 Q 弹十足的粉圆，接着在台湾的这些日子，你都会离不开这杯珍贵却不贵的平价饮品。

在地生活/整个台北都是我的自行车道

想和台北步调一致，可以漫步，也可以轻踩自行车去穿梭，去游逛。在很多捷运站出口，都可以看到一排排抢眼的黄色自行车“You-Bike”（以下简称 U-Bike），是台湾在2009 年开始推行的公共自行车租赁服务，由于费用很便宜，“骑到哪儿，还到哪儿”的优势，广受欢迎。我们首先介绍一下如何借到 U-Bike，开始我们的单车之旅。

1. 买一张悠游卡

在台北的便利店都可以买到悠游卡，类似大陆的公交一卡通，很多人气卡通还会出系列悠游卡，比如凯蒂猫、小王子系列等，根据花色不同，空卡价格在 100~300 元新台币之间。搭乘部分交通工具会有折扣优惠，适用于捷运、公交车、的士等，在便利店、超市消费也可使用。最后一次使用后，两年内有效。如果经常去台湾，推荐使用。

2. 注册

初次来台，推荐在机场的电信门市，办理一个吃到饱的套餐，以中华电信为例，500 元新台币的 10 天吃到饱套餐，包含 100 元新台币的通话费和不限流量。对于一般旅行者来说足够使用。这样你也拥有了一个台湾手机号，需要租借 U-Bike 时，只要在租借点的自动服务机上，用手机号注册加入会员，就可以租车了。一个手机号，可

以注册5张悠游卡，所以几个人一起出行，建议办一个吃到饱套餐，就可以大家一起用了。

如果没有办理台湾手机号，你也可以使用信用卡租借。同样是在租借点的自动服务机上，有“一日短期卡”和“五日短期卡”选项，根据需要选择模式。再插入信用卡进行押金抵扣，押金3000元新台币，只要还车就不会被扣除。

3. 借车

完成注册，即可借车，在停车柱上拍上悠游卡绿灯闪烁并发出短鸣，即可借车。

4. 还车

在任何一个租借点，将车侧面突出的榫插入停车柱的凹槽，拍上悠游卡，灯柱闪烁蓝灯即为完成。

U-Bike 收费标准：
前30分钟：5元新台币
30分钟后：4小时内每半小时10元新台币，4至8小时每半小时20元新台币，8小时以上每半小时40元新台币。

手机程序查询车辆租借情况：
安卓手机系统：Bikerker
苹果手机系统：台北孔明车

在地美食 /
做一个普通的台北人

喝奶茶，骑单车，来台北过一个普通台北人的小日子，你的选择可以更多。

比如，和上班族一起吃自助。现在大多数上班族都是外食族，能提供给他们最实惠且选择性最多的便是自助。先说说平价的自助，就像剧中伍郎吃的那一顿，在台北各处都有类似的餐厅，做的都是台式家常菜，番茄炒蛋、红烧排骨、梅菜扣肉，每一样都是朴实的老做法，所不同的是收费方式：有的论重量，有的论份数。

若逢假日，要好好犒劳自己，但是又约了三五好友，口味不一，高档的自助会是最好的选择。君悦凯菲屋的牛排，喜来登 12 厨的吃到饱帝王蟹腿，更不用说全台分店最多的吃到饱霸王“飨食天堂”，但凡热门商圈的百货公司，都有飨食天堂的分店，算是中等价位却能吃到高档产品的性价比之王了。来台湾，吃上一顿高档自助，也算在自己的台湾之行上，留下特别的一笔了。

又比如，选择和学生党一起看看书。台北是座不夜城，即使是看书，也有地方能让你看到天明，著名如诚品书店的敦南店，24 小时营业，通宵达旦，都有读者留驻，像电

影《一页台北》，也许你会在这里遇见安静的缘分。如果太过安静，居然在午夜听到了自己肚子回响，无须尬尴，下楼找一家 24 小时的便利店，足以解决所有问题。据说台湾是全球便利店最密集的地区，平均每 2000 人就拥有一家，7-11、全家、莱尔富、轻松一叮，冒着热气的便当，关东煮或者一杯咖啡，足够温暖身心。

喜欢漫画的，有小众的 24 小时漫画店“E 漫书”，没有诚品的文艺气息，这里有的是一架又一架的漫画，和式包间，还有陪伴我们走过青春岁月的热血故事。饮品任意取用，还有御寒的小毛毯，只需付每小时 70 元新台币，就可以畅游在漫画的世界中，房间里还可以用老式电话点餐，按下大大的数字按键，不一会儿，可爱的服务员就会端着热腾腾的食物来敲门。边看漫画边吃零嘴，真的像是上学的日子那般无忧无虑。

| 伍郎看法 |

忠于自己的选择

人生的岔路口，总是面临很多选择，大到人生大事，小到柴米油盐。

问起剧中表达爱情的方式，蜀黍是会像男女主人公一样不说，还是如胖妹服务员一样勇往直前，蜀黍说如果不是两情相悦，就没必要强求，又笑说好多结了婚的朋友劝他千万别结婚，言语间的自在轻松，让人很难不喜欢上他。

说起中意的饮料和选择食物，蜀黍没有特别的偏爱，倒是小时候非常爱吃零食，尤其嗜甜，那时候物资相对贫乏，他说同学们都知道他嘴馋，小学的时候很多小女生还会用零食逗他（他们一定是觉得蜀黍长得好看）。长大后对食物没了特别的执着，倒是养成了吃饭爱看书的习惯，随身带着喜欢的书，如果一个人吃饭，便会拿出书本阅读，用文字下饭。

本想让蜀黍推荐些台湾私房小馆，结果蜀黍一回台湾就会变身宅男，还好他还是很爽快地透露了两个能遇到宅男蜀黍的宝地。一家叫作“金春发”的牛肉面小馆，店铺不大，装修也简朴、丝毫不张扬，却是一家百年老店，蜀黍推荐“清炖牛肉面”，吃的就是地道的台湾鲜牛肉原味。还有一家叫作“全聚德”的自助餐厅，和北京的“全聚德”毫无关系，是一家类似本话中蜀黍吃的自助餐厅，店面也不算大，做的都是些亲民的家常菜，大抵台湾的小店就是这样，守着小小的店面，做着诚意的料理。

脚步 /
遇见，河滨公园

大佳河滨公园：许下一千零一个愿望

这里是偶像剧《恶作剧之吻》的拍摄地，喷泉和许愿池，完全符合女生对浪漫的想象。大佳河滨公园的喷泉直径长达125米，中央水柱高达75米，喷水造型如盛开花瓣，并配有80组彩色水中照明灯，在整点时固定喷水半小时，壮阔的水景令人惊叹不已。而许愿池也极具欧式风情，周围铸有8座不同造型的铜铸骏马，池中水清，能看见大大小小的各式钱币，让你也忍不住要抛下一枚许愿币，许下第一千零一个愿望。

延平河滨公园：畅游大稻埕

19世纪50年代，延平河滨公园就是台北人喜爱的休憩地，当年这里布满了露天的歌厅和茶座。时过境迁，虽然没有了老台北的茶座，新修建的自行车道上，依然能窥见台北城当年的风貌。白天游览大稻埕、迪化街、霞海城隍庙、台北孔庙、大龙峒保安宫、永乐市场等台湾百年的遗迹。傍晚沿着淡水河北行，跟着阳明山的山景，淡水河的夕照，饱览美丽风景。

迎风河滨公园：狗狗运动公园

迎风河滨公园位于台北市松山区，占

地 600，000 平方米，2002 年建成，拥有各类球场、运动设施。2006 年，在金泰段占地一公顷的“狗狗运动公园”投入使用，是全台湾首座“免系犬链”之狗运动公园。如果你喜欢狗狗，或者带着狗狗一起去旅行，来这里和台湾的小狗们一起玩耍，也是相当不错的选择。

古亭河滨公园：初冬赏花海

每年初冬，古亭河滨公园都会有长达两个月的赏花盛会。天使花、一串红与黄帝菊，编织成大片红色、紫色、白色及粉红色的花海造型地毯，堪比北海道花海。值得一提的是，花海沿地形曲折的设计，撷取自水波纹与客家梯田意象。骑着单车，可以身处花海，若想看到全景，可以骑到旁边的客家园区跨堤平台上，一窥花海地景的全貌。

华中河滨公园：台湾最大露营地

在繁华的台北，想放松不一定要去乌来、北投泡温泉，来一次幕天席地的邂逅，也是一种特别的享受。台北华中河滨公园露营场是台湾最大的河滨型露营地，位于华中河滨公园内华中桥旁，占地约 12 公顷，帐篷露营区最大容纳人数约 800 人。一切基础生活设施齐备，你可以选择扎营，也可以选择将移动房车开到此处，烧烤观星，好不快活。

特别推荐：新庄西盛环保公园

最后介绍一个台北环形自行车车道之外的河滨公园，西盛环保公园。公园过去是垃圾转运站，现在却有足够的理由吸引好多粉丝，因为这里是全台湾唯一合法的“西盛遥控模型机场”，拥有一条长 300 米、宽 20 米的跑道，每逢假日便有不少玩家过来切磋技艺，分享心得。如果你也是遥控飞机的发烧友，来台湾，不要错过这个景点才好。

伍郎的散步地图
台北环形自行车道

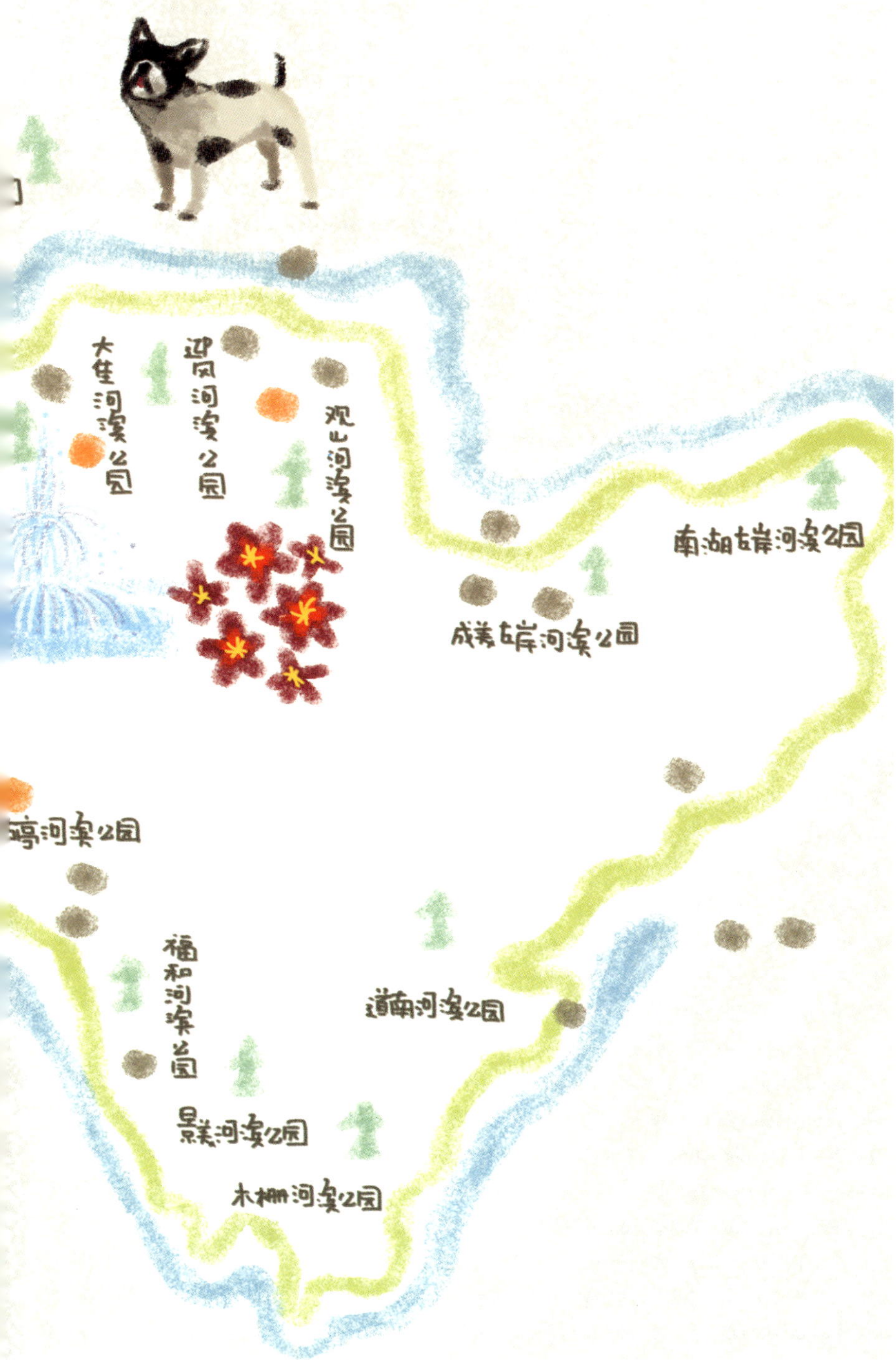

大佳河滨公园
迎风河滨公园
观山河滨公园
南湖右岸河滨公园
成美右岸河滨公园
福和河滨公园
道南河滨公园
景美河滨公园
木栅河滨公园

第四话

按时间表生活的老人

本话食物

传统豆花

上引水产／

特选生鱼片

秋刀鱼盐烤

上引握寿司

鱼骨味噌汤

拍摄地点：滨江路飞机巷 / 上引水产

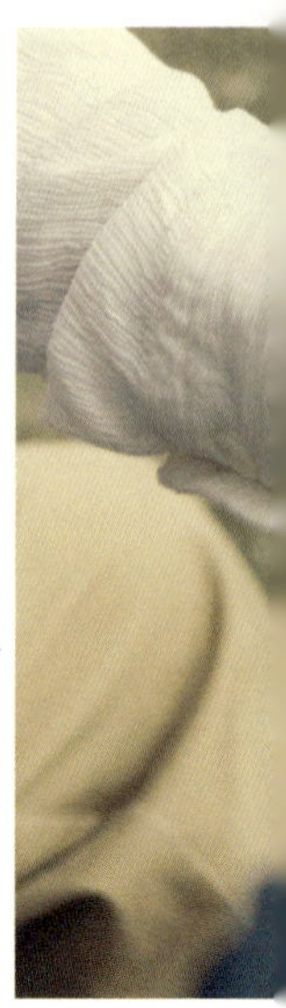

故事 /
等待了一辈子的人

飞机从窗外飞过，张怀山望着天空出了神。

李伯男盯着班主任今天穿的鞋，眉头深锁，水牛皮，进口高档货。

“李伯男、张怀山，你们住得很近吧，那就一个学习小组吧。”

班主任随意地就把两人拉郎配了，张怀山觉得无所谓，反正已经是男校了，跟谁一个学习小组都一样，不过，自己班里还有叫李伯男的人，转学生吗？

李伯男在练习本上画着班主任的鞋样，和张怀山那个阔少一组，说不定很麻烦呢，要是送一双鞋能把他送走就好了。

老师目送两人出门口，李伯男以为会有名车来接张怀山。“名车，你想什么呢，我爸是有钱人家的司机，又不是有钱人。”两人相熟后李伯男才知道，原来偶尔来接张怀山的名车都是大小姐要司机顺便接儿子的。他们一家都寄住在雇主家，雇主家的女儿喜欢司机家的儿子，多么恶俗的剧情，张怀山说自己才没有做男版灰姑娘的命，有了李伯男这个朋友后，他开始天天往李伯男家跑。

李伯男没什么爱好，学习也不好，只会做鞋子，可是这么大还只是帮老爸打下手，还没有上手做鞋，他爸说年轻的时候就应该多玩玩，以后有的是鞋让你做到吐。于是张

从左至右：
1. 伍郎提着豆花，来到飞机巷寻找老人。2. 老人拿出两人和飞机模型的合照。3. 被借走的表，仿若老人停滞的时间。

怀山很好地做了帮凶，他拉着李伯男每天去逛飞机模型店，买了模型不拿回家，就放在李伯男家里，建了一个小基地，整一个陈列柜。

张怀山爱穿白衬衣，一尘不染的那种纯白，女生们大概都喜欢吧，好多女生向他表白，但他不是不喜欢，就是讨厌。李伯男见证了好多被拒绝的妹子哭着跑了，他总吐槽这些妹子遇人不淑，不了解张怀山的真面目。

表白大军中也包括李伯男喜欢的豆花西施。豆花西施从被拒绝的那天起，就在李伯男面前说张怀山的坏话，从来都是当树洞的李伯男站起来，头也不回地离开了这个从没有开始过的初恋。李伯男当然不会知道，张怀山是因为豆花西施说李伯男的坏话，才讨厌她的，其实她家的豆花很好吃。

两人找了一家大叔豆花，边吃豆花，边看飞机。“以后还是吃大叔豆花吧，女人豆花有什么好吃。不够甜的，多放两勺糖就是！”张怀山这么说了，李伯男就这么做了，一吃吃了几十年。

“你以后打算做什么？”

“做鞋。”

鞋匠的儿子回答得毫无新意，司机的儿子却想要坐上飞机，不想再搭别人的车了。“可惜你能准确说出飞机起降时间的特异功能了，还不如给我。”张怀山其实挺羡慕李伯男，每次飞机起飞，都能说出航班号，为什么要属于行走于地面的鞋子，而不属于在天空翱翔的飞机呢？李伯男却坚持着做鞋的梦想，哪怕心里真的有过一丝动摇。

“这样吧，我来背飞机起降时间了，你的表借给我。”

张怀山借走了李伯男的表，还预订了鞋匠大师的第一双鞋。

联考期间两人似乎都没有压力，心照不宣，一个要飞，一个要走。鞋从选皮，再到款式设计，真的花了一个学期，两个人几乎没怎么见面。鞋子做好那天，张怀山开心地跑到李伯男家里，要带李伯男见一个人。

李爸告诉孩子，鞋子送出去必须收钱，不然会把人送走的，越走越远，李伯男不信，这么说自己的表还在张怀山那里，自己的时间也是被借走了呢。

在两人常常看飞机的巷子里，张怀山带着他家的大小姐来了，大小姐还带着相机，三人拍了合照，合照里大小姐站在中间，李伯男和张怀山各站一边，手里拿着飞机模型，那个模型本来是一对的，现在也是一对，沉睡在陈列柜里。

美国，我们来了！

午后的阳光透过窗台的几件白衬衣，柔和了室内的空气，李伯男没有去送机，只是

右页从上至下：
1. 老人给伍郎讲述自己的故事。2. 老人因为一个噩梦，打破了时间安排，匆匆出门。3. 发现了贴在墙上的时间表，伍郎对老人充满了好奇。4. 伍郎遇见了前来找老人的青年，为他指路。

送出了鞋子，还有，没有要回手表。那天的天气就像今天。

留声机里放着白光的《等着你回来》，一个哀怨的故事。李伯男却很喜欢。

做了几十年的鞋匠，今天被噩梦唤醒，李伯男看见窗台跑过黑猫，原本放着那对飞机模型的陈列柜里，只剩下一对中的一只，希望今天约的伍郎先生能替他找到另一只，明明每天看着，却弄丢了。

黑猫，代表不祥吧，自己也迷信起来。

李伯男跑到飞机巷，看着天空的飞机，心情平静了许多。伍郎来找他，请他吃了大叔豆花，加了两勺糖。这些年自己都是这样过来的，上午做鞋，下午吃豆花，看飞机，今天，也许有些不同。他拿出旧照片，让伍郎找飞机模型。他自己，也几乎是每天拿着照片，确认着自己的或是张怀山的模样。

夜色朦胧，张怀山回来了，没有穿着白衬衫，一副年轻人打扮，送回了表，说是坏了。哪里坏了，表在李伯男手里转动起来。

其实李伯男知道，眼前的不是张怀山，是他的孙子张思男。

在地生活 / 滨江市场 沿街陈设的鲜动生活

当人们越来越热衷于过生活和下厨房，逛菜场就成了每到一地的必修课。尽管依然带着观光客的猎奇表情，但是兴趣所致，也能寻到体察在地民情的友善路线。避开宽敞的城市主路，拐进老街窄巷和亲民社区，总有些惊喜等着你去发现，去叹服。

台北的传统市场众多，在超市林立的新世纪，依然活出鲜明丰富的生命力。说“传统”，就免不了会碰到老铺子，几代人经营下来的肉铺、菜档、熟食号、杂货店，也为几代人的日常饮食和生活细节，提供了源源不断的物质支持。默契人情在年代流转里，渐渐形成一种有力的气场，沉淀出历史和文化的内涵，就灵动、活络了。

位于中山区民族东路的滨江市场多年来都是滨江社区的生活源泉，经营形态兼具了零售和批发，也是台北市重要的大市场之一。各家商铺分门别类，将家庭、餐饮所需食材、物料全都囊括其中。平常日子，这里就是家庭主妇们挑便宜选好货的必去之地，到了节假日更是涌来采买人潮。半露天的集市里，视觉感受极佳，水果蔬菜的陈列方式，少了

超市里的严谨，多了民间的随意自在。街边也常有流动摊贩，为摊位商家和路过民众提供饮食，天然而成相互照应的协助关系。

来往主顾和店家做的是买与卖的生意，更做的是人情的生意，讨价还价、婆婆妈妈里那些脉脉存聚的家常里短，是另一种不可估价的财富。这些常年与食物打交道的阿叔阿婆，有太多书本上网络中找不到的独特经验，多聊聊多问问，能增长见闻，也能启发灵感，不失为学厨艺的一条捷径。而菜场里的美食老档，更像是深藏功名于江湖的隐世高手，没有华丽的行销手段，更不会精道算计的炒作，几十年如一日地勤勉，只为维系在食客心中的好名声。

滨江市场之外，喜欢各地美食的同学可以去罗斯福街的南门市场走走，南北食材家乡美食，每日现做，保证新鲜；热闹的双连露天市场在民生西路上，摊贩都推车经营，颇有赶集的趣味；而从 248 巷中走出的农学市集，组织者更是怀着体恤农民之心，将依照自然农法种植的农友们会聚起来，把安全健康的食材由最简洁的渠道贩售到消费者手中，传递出关爱环境和土地的善念。在这些集市里逛一逛，哪怕什么都不买，什么也不吃（怎么可能），也仿佛沾上了温存老实的心意，真切而美好。

在地美食/上引水产　生猛海鲜的饕餮盛宴

店铺地址：台北市中山区民族东路 410 巷 2 弄 18 号
营业时间：周一至周日 06:00~24:00
联系电话：00886-2-25081268

未看任何背景资料就闯入上引水产，着实有种逛大观园似的误打误撞，看什么都新奇，看什么都能看好一会儿。洋气的地方很多，但是这种好吃好玩、设计得体、服务贴心、陈设周到、感观体验丰满的地方也是稀罕。

门口的大叔热心又严格地提醒每一位顾客，用洗手液洗手再进门。迈步走入，就被满满 41 个大水槽的鲜活水产惊到了。硕大的南非龙虾，鲜亮亮的各种螃蟹、鲍鱼、比目鱼、象拔蚌等，满仓满谷。全透明的玻璃窗里，可以看到穿戴整洁的师傅在帮顾客处理买到的海鲜。这第一印象就完全颠覆了以往对鱼市的记忆，灯光与空间设计都独具匠心，时尚简洁的线条，不失生活气息，不愧是顶级鱼货市场的格调。

再往里转，也是打开了一片新天地。

贩售新鲜蔬菜、渍物、干货、水果、调味品，冷藏速食的柜子整齐有序地排列着，杂货区的进口厨房用品应有尽有，新鲜果酱、进口酒品、冻鲜食材、鲜花杂货、果汁鲜榨都处处有惊喜，让人眼花缭乱。

而真正能打开胃口的是超大面积的餐饮区，包括室内中央的立吞美食、二楼乐煮锅物、户外烧烤，眼前尽是人来人往，欢乐吃东西的场面，特别让自称是“吃货”的人感动。几百位顾客同时在等位、就座、用餐，全赖训练有素的服务生们，干净、快捷、贴心，如沐春风。

何为立吞？就是站立着吃寿司，是日本常见的一种餐饮形式。旨在最小的空间里缩短大家的等候和吃饭时间，立等可取，立等即食。上引水产的立吞寿司，食材新鲜且价格又低，所以现在成了大排长队的热门项目。排号等位总是难免的，但是一想到“上引握寿司”套餐中那九样美赞的新鲜寿司，也就心甘情愿了。而立吞区外那一圈吃着帝王蟹脚的食客们，脸上洋溢的满足，也会引起旁人大大的忌妒之心。龙虾、生鱼片、海胆、生蚝都是绝对的吸引，露天烧烤那一区，热烈地吃着日本松板猪肉、鲑鱼头、大明虾的人们啊，怎么那么享受！

这近 2000 平方米，斥资上亿新台币的现代梦幻鱼市，由台北日料界高人和日本三井集团共同打造，强大的后盾保证了所有食材的新鲜和超高品质，著名建筑设计师和生活美学达人一起完成了室内设计和视觉体系，高度融合了多种功能，完成了一个跃动自由的热闹空间，恰似一场隆重的派对，在遵从形式感的整合过程中，又特别尊重了消费者的心理感受，让大家尽情享受美食的乐味，也欢庆自然的嘉赏。

伍郎的特选餐单

炭烤帝王蟹腿 /1000 元新台币

就像伍郎开的玩笑一样，光是蟹腿大得就可以当作武器。扎实紧致的腿肉，一口咬下去是来自海洋的鲜甜和畅快，绝对的现选烹调，而且相比大陆，价格也实惠不少，如果荷包富足，真的不介意再来一个！

特选生鱼片 / 330 元新台币

特别推荐！上引水产绝对是生鱼片爱好者的乐园，价格公道，物料鲜美，完全不必有后顾之忧，既可吃得心满意足，且根本不想停。这种停不下来，想一直吃下去的冲动，简直是获得了上帝的豁免，原谅自己如此贪图食欲享乐。

上引握寿司 / 460 元新台币

大啖之味！虽说是立吞寿司区中最便宜的套餐，但是配制却不俗，鲷鱼、旗鱼、鲑鱼、鲔鱼、花鲷、甜虾、鲑鱼子通通都能吃到。一般的标配是九贯，也有顾客意外地吃到十一贯，就全看运气了。加了酸奶油菜和洋葱的鲑鱼寿司吃起来很顺口，完全不加酱油的鲑鱼子鲜美惊艳，超甜又入口即化的甜虾，还有虽常见却又用心的小黄瓜寿司，都来不及多想就通通吃掉、吃掉吧！

秋刀鱼盐烤 / 50 元新台币

诚意之选！日料中的烤秋刀鱼，一直有莫名的诗意，如俳句，虽是平价之物，但有得当的方式调味和烤制，也能隽永有回味。长度略大于日常所见的秋刀鱼，经炭火轻烤，由盐入味，腥腻不见了，只余劲实的肉感。

鱼骨味噌汤 / 50 元新台币

礼赠的心意！随那一套大满足的握寿司赠送的这一碗汤，也大有作为。不但有可见的三文鱼骨和鱼肉，还有肉厚小排骨，感叹感动，单点价格也平实到落泪，直逼得人在饱食了那么多美食之后，依然忍不住要大口爽快地喝汤吃肉。

在地美食／豆花 心中最甜的部分

整个故事，对李伯男老人来说，应该是甜的，张怀山留给他的回忆，在飞机里，也在豆花里，豆花，大概是他心中最甜的部分。

在台北，最爱吃的早餐是豆浆油条，简单、纯粹，有幼年时的记忆，也有浓香好味，带来一整天的好心情。豆浆、豆花都是黄豆做成的传统小吃，是最平常的古早味，普通，却又饱含了民间饮食的传承和故事。南吃咸豆浆，北吃甜豆浆，南吃甜豆花，北吃咸豆腐脑，南南北北的人们在豆浆和豆花口味的喜好上，简直南辕北辙，根本吃不到一起，却又吵得不可开交。

台式豆花以甜口为主，浇以甜汤、红豆、花生等配料即可，夏天还可以吃到冰豆花。一般的豆花摊上都可以吃到冷热两种豆花，一排二三十种的豆花浇头，太容易让人不知所措。这时，你可以先从传统豆花开始吃，尝尝本来的味道，有了直观的认知再延展到其他口味。用纯甘蔗砂糖煮好的糖水，浇在细滑幼嫩的热豆花中，柔和的豆香惹人垂涎，再添一勺可口的花生，如此一碗便宜单纯的甜汤豆花，就能撑起很多家几十年历史的人气老店。

在没有机器的年代里，都是用石磨磨豆浆。清早洗好黄豆，浸泡五六个小时，浸到豆子微微发胀，有绵软手感，才进行磨豆的工序。磨好的豆浆要放入大布袋中手工搓揉，豆子在反复的摩擦中微微发酵，才能逼出浓郁的豆香味，这是机器不能代劳的，也是传统豆花诱人香气的真正来源。熟石膏粉加番薯粉以一定比例调好，再倒入煮好后回温至 80 ~ 85 摄氏度的豆浆汁，先倒一半，静置一会儿后，再倒入另一半，轻搅几下就等着慢慢凝结成豆花。整个制作过程也称不上多繁杂，但只有经过反复演练多年操作，才能在火候和温度的掌控上达到纯熟的境界。

一碗好吃的甜豆花一定要有糖水来滋润、提味、凝香。滚开糖水要煮上一两个小时再降温再文火慢熬，直至蔗糖的甜香满溢而出。好的糖水不仅有焦糖气，更不能淡，要有稠度，淋在绵密的热豆花上才能即食即化，不加其他配料，能吃得心安理得，也完全不会抢走豆花的味道和风头。吃了多年豆花的老客们，一定有自己的隐藏口味，不为外人知道，却是妥妥的私家好味。到台北的日子不短，也寻到了一家豆花老店“豆花庄”，豆花细嫩绵密不说，最爱他们家给的冰，浅黄色的冰，带着蔗糖香，一个小细节，足以吃出老店的用心。

| 伍郎看法 |

感情，说到底是一个人的事

赵蜀黍说，这是他在第一季的十二个故事中最喜欢的一个，他说等待，比如《忠犬八公》，只是等待，无须多言，就足够感动。

我们谈到说不出口的爱情，蜀黍说如果双方有意，那么对方必定是能感受到的，如此之下，就是表白相恋了。如果只是暗恋，那么《一个陌生女人的来信》，他说那样的暗恋就是极致了，不打扰别人，又始终活在自己的恋情里。我问蜀黍“那么，感情终究是一个人的事吧”，蜀黍微笑着看了看我，我想，应该是一定程度上的赞同。

问蜀黍会不会那样去等一个人，等一辈子，结果蜀黍依旧还在感佩那封“陌生女人的来信”，像蜀黍这样的，必定会有很多陌生女人魂牵梦绕吧，只是他又会给谁写信呢？

我还很厚脸皮地问了蜀黍，是否有被逼婚的经历，蜀黍说父母去世得早，看见话题差点变得沉重，蜀黍又不失时机地转了话茬儿，说现在像自己这样的高富帅……蜀黍，真是个可爱的人！

提及会不会和伍郎一样为了一顿饭等上个把小时，结果蜀黍迅速回答，前几天刚刚等了一个多小时，为了吃一顿“外婆家”，蜀黍还真是很生活，很伍郎。

脚步

品尝了上引水产的新鲜，接下来我们来看点新鲜的。

松山机场，看“灰机”！

说起滨江路108巷，所有的航空迷都会为之振奋，那是真正能与飞行中的飞机近距离接触的胜地，而对生于此居于此的在地人来说，也是茶余饭后的、谈情说爱的宝地，更是本剧中李伯男老人看了几十年飞机的地方，只是2015年3月，飞机巷终究成为过去。

虽然最夯的飞机巷已经不存在了，但是想要看飞机，还是有去处的，拿松山机场来说，本身就在机场里开放了一个露天观景台，仅距离跑道100公尺，让客人拥有180度的视野看飞机起降，而且不收取门票，在这里还能看见圆山饭店、美丽华摩天轮、大佳河滨公园和基隆河的美丽景致。

如果不想跑机场，又恰恰刚好从上引水产吃饱出来，那附近也有一个绝佳的观景平台——台北第二果菜批发市场5楼平台。这也是众多航空迷聚集的拍飞机宝地。在这里拍飞机，不仅可以把飞机和圆山饭店划入同框，还可以捕捉到飞机与高速公路平行的画面，拍到的照片绝对是电影级效果。

当然，如果你是航空迷，又不满足于松山飞机场的话，桃园机场也是不错的选择，推荐几个桃园机场看飞机的好地方，第一个是奇迹咖啡厅，临近北跑道，可看见飞机起降，也能看见第一和第二航厦。第二个是位于05R跑道头的“第三航厦”咖啡厅，由于就在航道下方，飞机降落时轰隆隆的引擎声和压顶的快感堪比松山飞机巷。还有两个网友推荐的极其难找的好地方，提供给大家，如果对自己的找路本领有信心，不妨去看看。一则是位于05L跑道头、埔心溪旁的乡间小路，据说可以感受到降落在北跑道的客机从头顶飞过；

还有就是在南跑道侧面，旧空军与桃园机场的联络道，能看到飞机在眼前拉升，尤为震撼。

松山机场地址：台北市松山区敦化北路 340-9 号

菜篮子之外的传统

如果你是 12 点前来的滨江市场，一定不要错过台北的传统市场，而来传统市场，你一定不要错过这些小角落，里面有中医馆，中医馆里不时还能看到正骨的师傅，有一种深藏不露的感觉，可能病人只是搬卸重物的时候不小心脱臼，但是眼前的情景却可以脑补出一场数小时前的械斗，原谅我的脑洞大开。反正，那股氛围，我在北京的菜市场找不到。

下面是市场角落里我最最喜欢的按摩室，不是贪图他们按摩便宜，主要是不少按摩店内都有传统的挽脸，平均消费在 200 元新台币左右。挽脸，曾经是女子出嫁前才可以进行的美容仪式，美容师将白色粉饼涂满准新娘全脸，再用棉线拔除脸上的汗毛。意味着“换新脸”，也就是说新娘之后要做大人了。初次挽脸都会有红肿现象，疼痛感因人而异，但是爱美的姑娘，勇于尝试，你一定不会失望。如果你在传统市场没看见挽脸的摊子，没关系，去夜市也一定能找到。

台北市第二果菜批发市场吃水果

虽然在上引水产已经是应有尽有，不只生猛海鲜还有新鲜的蔬果，但是于我来说，似乎觉得走一走上引水产身后的果菜市场，像主妇一样买了水果，让老板消去零头才像是在台北生活。果菜市场品类很丰富，去的时候约莫下午 5 点多，老板们都准备收摊了，因为这边主要还是批发为主，所以看上去并不像市区的黄昏市场有那么多主妇和刚下班的上班族，好在水果还是很丰富，屏东莲雾、摩天岭甜柿、芭乐、释迦、蛋黄果，每一样都超级新鲜，令人爱不释口。

地址：台北市中山区民族东路 336 号

行天宫

台湾的庙宇数以万计，平均每个村子就有两座庙。不说逢年过节，就是平日里，庙里也都是香火鼎盛，可见进庙拜神已成为台湾人生活的一部分，也变为一种习惯。来到台湾，融入台湾人的生活，去庙里看看也不失为一种有趣的体验。

在滨江市场附近，就有北台湾参拜访客最多的庙宇，行天宫。来到行天宫，你能看到大排长龙的当地人，他们每每遇到一些不顺心的事情，就会来行天宫拜拜收收惊（收惊时间：每日 11:20~21:30）。来这里参拜，你会发现神明的供桌上只有鲜花、清茶。因为行天宫不提倡烧金纸和供奉牲礼等行为，宫内甚至没有设置功德箱，以求引导信众莫添香油钱，平日里还会免费供应香炷。只求参拜者诚心祈求即可，在庙宇里也算是业界良心了。

紧挨着行天宫的是台湾两大命理街之一的行天宫命理街，从民权松江路口四个角落入口都可进入，实际只有短短一条地下通道，别看它并不起眼，很多政界商界的重要人物，还有好多艺人都会来占卜问卦，趋吉避凶。

地址：台北市中山区民权东路二段 109 号

伍郎的散步地图
滨江市场周边

第五话

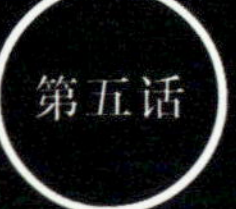

爵士三重奏

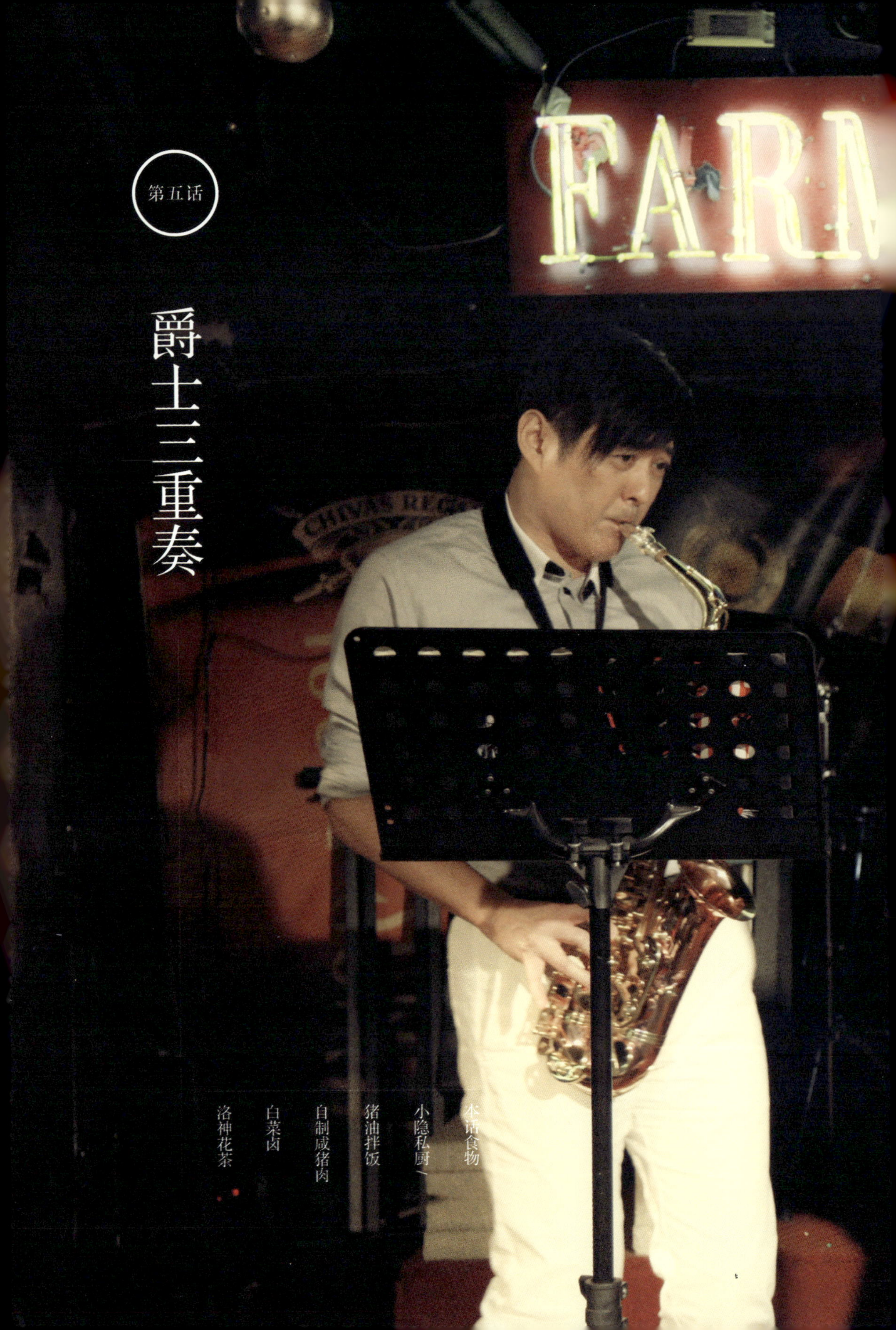

本话食物

小隐私厨／

猪油拌饭

自制咸猪肉

白菜卤

洛神花茶

拍摄地点：师大夜市 / 小隐私厨 / 双城街酒吧

故事 /
爵士三重奏

如果说女儿是爸爸上辈子的情人，蓝小本觉得，情人见面分外眼红。

从出生纸上写上自己的名字的那一刻起，她就深深地感到，自己一定是充话费送的，爸爸叫蓝本，然后毫无新意地给自己取名叫蓝小本。就是这个不男不女的名字，让自己在运动会上常常被分到男子组。宅配的小哥，也总以为蓝小本“先生”是个喜欢买女性用品的娘炮。

总之，她不喜欢继承爸爸的东西以及和爸爸那么相似的名字。

小本从小就喜欢和男孩子玩，很小的时候就有力气拿起爷爷的萨克斯风，有力气吹响它。不过第一次吹响之后，手没抓稳，萨克斯风就摔了，她不停地向爷爷道歉，结果爷爷一脸无所谓，乐呵呵地继续逗小本玩，倒是老爸，黑了一个星期的脸，虽然不是对自己，是对爷爷，就好像爷爷杀了老爸的老爸（爷爷自杀了）似的。

小本能拿稳萨克斯风后，爷爷就带着小本加入了自己的爵士乐团，小本发现自己真

从左至右：
1. 伍郎初遇蓝小本。2. 小本看见了沉浸在音乐中的父亲。3. 蓝家三代人的爵士三重奏。

的喜欢爵士乐，但是老爸却是真的不喜欢爵士乐，因为老爸从不听音乐（更不用说爵士乐了），电视开到音乐类的节目，他也总能迅速地调换成新闻频道。关于爷爷让自己小小年纪就加入爵士乐团这件事，老爸总说，爷爷拿小本当乐团的吉祥物。吉祥物有什么不好的，小本觉得自己当吉祥物，还能从爷爷叔叔们那里偷师，不知道多幸福。

“你真的喜欢爵士乐？”小学六年级的时候，老爸头一次这么认真地问小本。

“真的，就跟你喜欢算账一样。”小本仰着头，笑嘻嘻地看着拿着账本的老爸，老爸却笑得很无奈，用非常轻微的动作摇了摇头。本以为老爸良心发现，是要全力支持自己的音乐了，结果老爸黑着脸，开始天天拉着小本跑步，说是以后考试，体育能加分。小本终于认命，只要是跟老爸在一起，剧情永远不会朝着自己想的方向发展。但是只要自己上了大学，一定不会再屈服于老爸的威严之下，这个不懂音乐的会计先生！

老爸终于把小本练成了个全能女汉子，因为听过她吹萨克斯风的人都说，没有哪个

女孩的气息能控制得那么好，小本打从心眼儿里感谢老爸，老爸完全是“误打误撞”的跑步训练，让她能和梦想越来越近。可是每次吃饭，看见老爸那张臭脸，话到嘴边的感谢，就迅速被咽了回去。

“从今天起小本在酒吧开始固定演出了。”爷爷的语气绝对是在炫耀，小本却更在意老爸的反应，尽管老爸只是个不懂音乐的会计，但是自己女儿的音乐总会不一样一些吧……

“哦。”老爸就用一个简单、明了、残忍的语气助词把自己打发了。

果然，老爸没有来看她的演出。

唱片公司要和小本签约，但条件是即刻休学。这种事情本来应该和老爸商量，但是小本还是和爷爷一起，悄悄递了休学申请，不料学校就是否休学给老爸打了电话，东窗事发，两个人大吵了一架。小本把这些年对老爸的不满，倾泻而出，尤其是一个不懂音乐的人，没有资格为自己的音乐做主。

从左至右：
1. 蓝本犹豫要不要进门和父亲打擂。
2. 蓝家三代沉浸在彼此的音乐中。

小本辞去了酒吧的助演工作，在朋友家借住了几天，爷爷说父女俩都是这样倔强，偷偷给小本塞了钱，说要给小本出气，要跟儿子打一架。爷爷从来都是这么顽皮，小本一点也不担心爷爷会真的和爸爸大打出手。

这天签约失败，小本来到以往演出的酒吧，想要挽回这个仅有的工作机会，至少这样可以挣钱负担接下来的搬出来住的房租，谁知道已经有人捷足先登。而且这个演出的人，居然是二十年前爵士界鼎鼎有名的“星期五传奇”，很多昔日的乐迷慕名而来，更可怕的是，如无意外，今晚是一场擂台，打擂的是自己的爷爷，“星期五传奇”正是自己的爸爸，爷爷果然履行了承诺，找老爸用音乐干了一架。

虽然老爸的音乐很棒，但是小本完全沉浸在“我爸会吹萨克斯风”的震惊当中，用无法自拔来形容完全不过分。

台上的老爸，用的还是小时候自己摔过的萨克斯风，难怪当年老爸要对爷爷黑脸了……老爸的音乐无比温柔，有乐迷说他变了，大概是做了爸爸的缘故吧，听说女儿也吹萨克斯风呢。还听说当年是为了照顾家庭，他才隐退的。能吹出这样音乐的人，为什么要放弃音乐呢，小本的眼泪莫名地流了下来。

老爸的目光接触到小本，小本落荒而逃，躲进厕所。小本向被自己关在门口的伍郎咨询，如何向老爸道歉。结果门口传来的却是老爸和爷爷的声音。

“你真的喜欢爵士乐吗？‘像你喜欢算账一样喜欢。’”老爸说当时快被小本气死了。

如果时间重来，小本想自己一定会说，自己真的喜欢爵士乐，像爸爸喜欢爵士乐一样喜欢。

在地生活／一段永康街 几多生活意趣

整个永康商圈在台北凭雅趣和精致著称，以永康公园为中心，周围的永康街、丽水街、金水街等都是多元风格的混杂之地，有传统的街市商店，也有现代的文艺小店，独特的城市风貌和人文气息，都是令人流连的理由。旧旧的日式小楼庭院散落其间，社区街心公园里的闲散，大安森林公园里的郁郁葱葱，无不透着安心自在，无忧无虑地走走逛逛，很舒适，颇有上海长乐路、陕西南路那一带的混搭生活情景。

永康街美食最具聚集力。拥有众多明星拥趸的思慕昔杧果冰从来不缺排队的客人；街边贩售渍梅子的大叔会不厌其烦地跟你讲解梅子的做法；天津葱抓饼的香气狠狠地抓住贪吃鬼的心；名气冲天的永康牛肉面门外永远等着耐心的食客；还有"吃饭食堂""吕桑食堂"也都是品位超群的美食小店。

而金华街方向，则隐藏着很多低调的咖啡馆，与很多台湾小情调文艺片中的气氛特别相近，咖啡味、轻闲、清甜，似乎更能迎合年轻人的审美趣味。在消磨时间的众多方式中，一杯香浓的咖啡配一份甜品，也许是最无时间空间界限的一种选择。

不远处的青田街却是另一番静寂所在，也是很多人心中台北最美的一条街。老树荫蔽成幽，远离永康街和师大街区的喧嚷，独有一种纯净神秘的力量。仿佛一位老友，不声不响，只待你偶然地想起，轻轻地走近。

不能错过的两家安静小店

青田七六

青田街七巷六号，是《巨流河》作者齐邦媛年少时的寄居地，是琼瑶处女作《窗外》的电影场景地，是台北青田街上的一座有故事的庭院。

初次来到，规矩地脱下鞋子，穿着袜子才能进入这栋日式的老宅子，没有备袜子的，入口处也有免洗袜子可购买，10元新台币一双，非常方便。虽说外观是日式庭院，内部却结合了西洋式的摆设。包房既有和式榻榻米，也有西式座椅可选择，最喜欢他们的走廊，廊顶挂着白色的灯笼，整齐有致，透着特殊的美感。隔着造型清雅的中庭，后院目前作为咖啡厅对外营业，所得收入作为这幢古建筑的维护费用，好让这栋老房子与世无争地度过接下来的岁月。

地址：台北市大安区青田街7巷6号
电话：00886-2-23916676
营业时间：11:30~21:00，每月首周周一休馆

魔椅

安安静静的青田街有一家安安静静的小店，名“魔椅”，是老板简铭甫在2005年创立的欧洲古董杂货店。第八话中伍郎寻找古董匣子的情节就是在这家店拍摄的。

店中每一把旧椅，每一件老物件，都是老板亲自挑选而来的。这些20世纪多见于德国、法国、北欧等地的经典风格家具和家饰，每一个细节都透着岁月的风霜磨砺。爱旧货的人，都有一颗对过往时代无限留恋之心，虽然时间不停地往前走，但还是要走慢一些，把传统的风格学到，再与现代的前卫的设计结合，才能重新整装出不失细致入微的优雅生活。

地址：台北市大安区青田街1巷6号
电话：00886-2-23222059

在地美食／浸抵心怀的台湾家庭味

小隐私厨，从里到外，都透着老式调子，两边的橱窗挂长串的纸灯笼，摆大大的酒桶，玻璃罐里装着渍菜，说不上整齐，一看就不是那种光鲜样子的新店，不由得放松下来。

略带旧意的店墙贴着老广告海报、招牌，有些歪了，右侧摆放着三张小桌，一些木凳，左侧有榻榻米式的木台，台上两张小矮桌。正面是不大的一间开放式厨房，台面上摞着很多碗，很多腌菜罐子，很多旧杂志，上方悬着一排木牌，写着菜单，奥黛丽·赫本的大幅黑白照片挂在厨房右边墙上，略凌乱的小柜上摆着餐具、书、杂物。尽管还没有吃到这里的菜品，但单看陈设，就已经是满满的家庭味，蒙着淡淡光阴的痕迹。

跟阿姨点过菜，就见对面本来还在看报的大叔，起身走进厨房操持起来，原来这位就是小隐的大厨。一碗不油不腻的猪油拌饭，配料浓味足的扁鱼白菜卤，都是家常饭菜，却也最勾人念家的情绪。在如今特别注重饮食的环境里，说不放味精，选用当季当地食材的餐馆已不在少数，但究竟什么是家庭味，什么是古早味，还是要再寻思寻思的，若没有多年的厨艺经验和对顾客口味的准确掌控，恐也难达到。

2006 年，在外游历多年，开过各种川菜、江浙菜、日餐馆的 JAMS，回到家乡台湾开了小隐私厨和大隐酒食，只为了这念念不忘无处找寻的乡土味道的新鲜、简单和原味。每天清晨，他都要亲自到菜场鱼市挑选最当季的食材，以自家烹饪的挑剔之心，实践到每一个菜式中，就有了食客们尝到的贴近胃口和情绪的家常菜饭。两间食铺虽然面积都不大，且以“隐”字取名，但仰仗着老板的好厨艺，也迎来热追人潮。

伍郎的特选餐单

猪油拌饭

闽南语称猪油饭，是旧时南方常吃的主食，当天炸制的猪油鲜而不腻，红葱头的味道不抢猪油的香气，却也惹味，与热米饭拌在一起，软厚朴实。在过去，猪油拌饭有穷食之意，但是现在却特别有家味，有怀旧感。

自制咸猪肉

选用温体猪肉，三层肉加上炒过的粗盐、中药材腌制一天左右，入口有淡淡的药味，冲散了很多猪肉的油腻感，咸劲儿不冲，香气轻散，肉也紧实筋道，适口度极好。

白菜卤

迁就厨房面积不大，小隐私厨菜单中有很多家常炖菜，没有日常餐馆里热油爆炒的亮光，由猪皮炖卤的白菜颜色略暗，却软嫩适口，入味入心。

洛神花茶

吃肉太多，就务必要一杯微酸的洛神花茶解腻开胃，洛神花与陈皮经过熬煮，呈现出玫瑰色，放凉后加适量蜂蜜，甜度刚好，是最宜大口解渴的凉饮。

店铺地址：台北市大安区永康街 65 号 /42-5 号
联系电话：00886-2-23432275/23435355
营业时间：周二至周五 11:00~14:00，周六日全天

丨伍郎看法丨

我的父亲

蜀黍的家庭有一个秘密，他父亲有两个太太。“我妈是他在山东老家娶的，后来他去黄埔军校，我妈留家里，几年都失去音信。他在广州后来就娶了他司令的女儿。”本以为这样的家庭，应该对父辈有些排斥，特别是在回忆中，父亲是个非常严厉的父亲。结果蜀黍说：“我父亲这一生想必也过得非常不容易。”

父与子的关系，骨子里还是相似的。

父亲到台湾后转职教书，是政治系教授，蜀黍也喜欢读书，特别喜欢读原版书。但是服兵役的时候想报考台大外文系，却是父亲所不希望的。虽说父亲没有强烈反对，但是始终没有支持态度，现在回忆起来，蜀黍说，大抵是父亲经历过战乱的年代，深觉百无一用是书生的道理，才希望他学一技之长，所以蜀黍毕业于明志工业学院机械科。

但是蜀黍似乎遗传并放大了父亲的书生基因，按他自己的话说，“我太能一个人待着了，叫两次便当，看漫画，看书，上网，过很多天。”网络不发达的年代，应该就是吃便当和看书了，这样过很多天的人，果然是书中的翩翩公子。

最后没有从事工业，是蜀黍的选择，但是父亲却担心了很久。

结果父亲走的时候，总以为父亲会把遗产留给特别偏爱的大哥，可是父亲却说：“都给你吧，你哥有谋生的能力，不用我担心。以你贪乐的个性，大概很难有什么作为。你喜欢玩什么就玩什么去吧。”父亲把积攒下的十几处地产，都留给了这个儿子。

为人父的一生无论过得多不容易，都希望孩子过得轻松自在。

脚步 /
师大夜市不可错过

珍品味泰式炭烤鸡排

连店铺里的小妹都来自泰国，可堂食可外带，大块的鸡排吃起来很过瘾，门口现场烤制，火炭烤香，微甜微辣，配米饭吃，特别香，很多学生和上班族都选择在这里就餐，有点小食堂的感觉。

店铺地址：台北市大安区龙泉街 31 号
联系电话：00886-2-23633391

古早味茶店

台北街头有太多珍珠奶茶和花式冰茶的小店，但是难得还能看到老式的冰茶店，每次遇见，都会停下脚步，买上一杯冬瓜茶，看阿伯慢慢将冰在冰箱中的大桶里的茶水盛至小杯中，都忽觉时间也减慢了速度。新鲜冬瓜加糖慢妙的清爽味道，在整个快节奏缤纷的夜市里，亦是慢出了感觉。

店铺地址：台北市大安区龙泉街近师大路 39 巷
营业时间：下午 4 点至午夜 1 点（每两周周四休息）

好好味茶餐厅港式菠萝包

香港有冰火菠萝油，师大夜市也有，而且也超有名超受欢迎。面包一定要烤到外皮酥脆内馅香软，再夹一块冰凉凉的超大奶油，冷热交加的复杂口感，与浓郁的奶香交织在一起，堪称绝配。

店铺地址：台北市大安区泰顺街 26 巷 51 号
联系电话：00886-2-23688898

鸡房重地咸水鸡

师大夜市最不能错过的一个摊位，必须排队领号牌才能买到。创始人独家研制的非传统的非盐水炖鸡，重点凸显出鸡肉的原味，皮酥肉嫩香，口感不干涩，葱姜蒜也是特别选材，标准化操作更保证了一致的品质。

店铺地址：台北市大安区师大路 39 巷 18 号（总店）
联系电话：00886-2-33653358

师大夜市灯笼卤味

台湾的编剧姐姐推荐的老店，她说上学那会儿就喜欢吃这里的卤味，可见这家卤味店积攒了多年的人气。台湾的卤味和大陆的不同，这边的口味偏甜，有点似上海。灯笼卤味的制作方式又有点像四川麻辣烫，是先选菜品，再放汤里汆烫，最后捞出来，淋上卤汁和酸菜。推荐菜品：胡萝卜、蹄筋、王子面。

店铺地址：台北市大安区龙泉街 52 号
联系电话：00886-2-23623374

二手书店

强烈推荐台湾的二手书店，特别适合学生，因为台湾的书和大陆比起来价格实在够凶残，闺密曾给台湾出版社写书，版税拿的的确比大陆要高，但是单从一个读者的角度而言，当然是既便宜又保存得当的二手书比较实惠。师大夜市附近就有好几家，比较推荐茉莉、胡思和雅博客，即使是诚品的架上推荐书，也有售卖，运气好的有五折甚至更低的折扣。喜欢漫画的朋友更可以在这里捡到宝，当年花钱代购，等待许久才能漂洋过海的台版漫画，部分低至 20 元新台币，相当于人民币 4 元一本！

茉莉二手书店：台北市中正区罗斯福路三段 244 巷 10 弄 17 号（台大店）
胡思二手书店：台北市中正区罗斯福路三段 308-1 号 2 楼
雅博客二手书店：台北市大安区新生南路三段 76 巷 9 号

音乐酒吧

来到师大夜市，吃饱看够之后，当然还要享受音乐。本书推荐的地方，无论你是爵士音乐爱好者，还是独立音乐的拥趸，都能找到归属感。

位于罗斯福路的老牌爵士酒吧台北蓝调，成立于1974年，在业界，这个酒吧的名字象征的便是“纯正的爵士”和“历史”，如果你热爱爵士乐，那么这会是一段奇妙的旅程；如果你还不认识爵士乐，来到这里，你会爱上它。

台北蓝调店址：台北市大安区罗斯福路三段171号4楼
营业时间：19:00~01:00
门票：300~500元新台币（附赠一杯饮料）

如果深爱爵士乐，那么这家“黑糖”不可不去（虽然不在师大商圈），每晚演出开始后，只听得到乐手演出和听众非常小声的交谈，安静的黑糖，会让听爵士的你相当感动。

黑糖店址：台北市信义区松仁路101号
营业时间：18:00~02:00

台北独立音乐的基地“河岸留言”一共有两家：一家位于西门町的红楼，主流演出较多；另一家就位于师大夜市附近，主打地下音乐，所以这家店就连选址也贯彻了地下的概念，把音乐酒吧开在了地下一层，从地上走入地下的通道两侧，挂满了潮流音乐先锋的海报，古早的和新近的，在这里音乐没有界限。

河岸留言（公馆店）店址：台北市中正区罗斯福路三段224巷2号B1
营业时间：19:00~02:00
最低消费：300元新台币/位

伍郎的散步地图
师大夜市周边

第六话

大导演小笼包

本话食物

小笼汤包

蛋花汤

拍摄地点：北大行 / 医院

故事 / 大导演的小笼包

医院的病床上，支着桌子，上面放着笔记本电脑，此刻开着的页面正是“伍郎的店”，病人合上电脑，嘴角上扬，说着“老朋友，我们又要见面了”。

走廊里，伍郎想着客户的名字，觉得似曾相识，护士还提醒伍郎“要小心”，奇怪的客人见得多，被提醒要小心的还是第一次，而且见面前对货品的要求什么都不说，必须面谈。

伍郎轻手轻脚地推开病房的门，病床上的客人一脸恶作剧失败的表情，伍郎认得这个表情，他的同班同学，得过国际大奖的美食纪录片导演，伍郎的印象中他是个有冲劲有能力但是酷爱搞恶作剧的瘦猴子，以前大家都说他一定出生在愚人节，因为他的性格，也因为他就叫余人杰。

“死到临头还是没能整到你，你让我怎么安心地去啊。”余人杰看着伍郎，不无遗憾地说，又转头对着手里的小摄像机顽皮地说着，“小笼包，爸爸果然是个没用的爸爸呢。

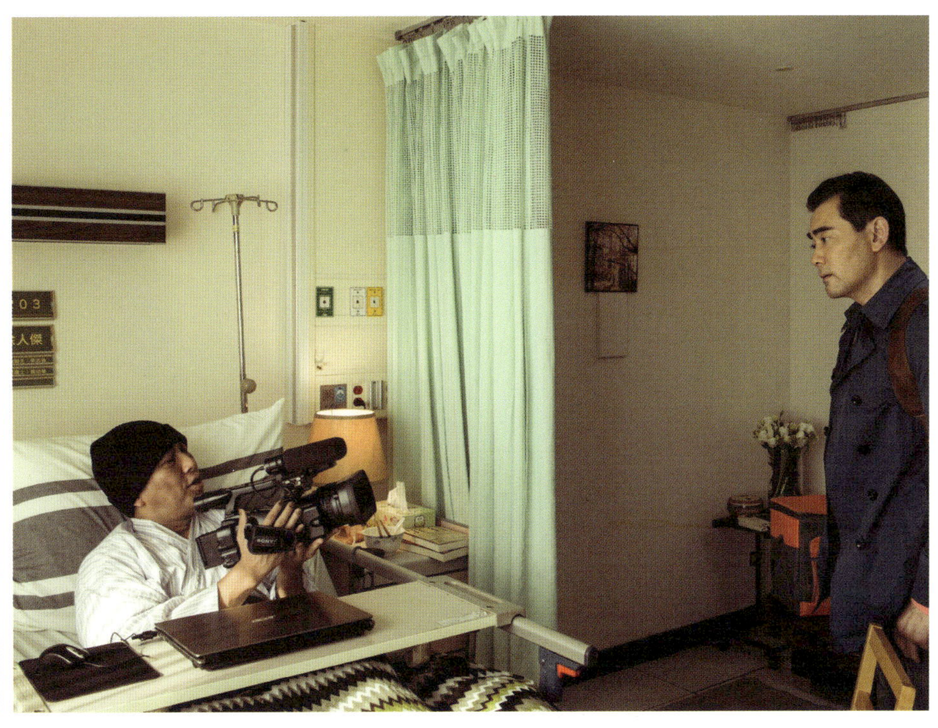

从左至右：
1. 吃着小笼包，收到余人杰的短信。2. 伍郎决定让余人杰完成整他的心愿。3. 伍郎没想到，客人竟是自己的同班同学。

对不起。”

伍郎看着余人杰，这个从小就爱整人的家伙，这次一定又想出了新的招数吧，回头看了一眼刚刚进来的门框上，摆着红色的塑料桶，心里忍不住吐槽：“好怀旧的整人方式……”

“招不在新，有人中招就行。”余人杰与伍郎对视，似乎看出了伍郎的心思。老朋友见面，两人忍不住笑起来。

“等我中招，你还是下辈子吧，不过今天你的整体安排，阵仗够大啊。”伍郎说这句话的时候，有些心虚，他希望眼前老朋友的样子又是他的恶作剧，但即使顽皮如余人杰，也不至于为了一个玩笑，上医院，把自己弄成这么憔悴的样子，凹陷的眼圈，暗淡得要发黑的脸颊，无力的样子，如果真是演出来的，可以去拿金钟奖了。

伍郎还是开了口：“你……”

“我什么，我给你看段片子吧！”余人杰收起小摄像机，打开电视。“你有没有看过一则人寿保险的广告，讲的是要死去的爸爸给女儿拍的片子。我觉得挺感人，也想拍一个留给小笼包。我人生中有两个宝贝，一个是摄像机，另一个是我的儿子。”

电视里播放着余人杰和妻子的爱情。

妻子爱吃小笼包的皮，余人杰爱吃小笼包的肉馅，他们就是这么开始的。他得奖的第一个片子，拍的是小笼包，那时候天天到小笼包店来，天天都会看到一个爱吃小笼包皮、不爱吃肉馅的女孩和不同的朋友来吃小笼包，刚开始只是觉得“她和我一样”，到后来每次她来，看她吃小笼包都变成一种习惯。他没有想过爱情这回事，毕竟这个女孩比他小太多。

那天女孩一个人过来，没有朋友陪她吃，她很犹豫，可能今天不会吃小笼包了，他担心女孩走掉，鬼使神差地说了一句：“我陪你吃吧！”那是他第一次和别人一起吃小笼包，自己吃的居然是馅，吃得还很开心。自己爱吃皮的秘密，他决定一直当作秘密，还用自己的片子来“要挟”老板：“不准说余人杰导演也喜欢吃皮，不然我把你的小笼

从左至右：
1. 与余人杰妻子擦身而过。2. 余人杰和妻子过的最后一个生日。

包拍成全台北最丑的。”老板乐呵呵地接受要挟，还跟他开玩笑说，喜酒可以在他的店里摆。

但他还是害怕：“我比她大太多。”

爱情真的可以改变一个人，一年后，他们决定未出世的孩子就叫“小笼包”。

一年后，她陪他过最后一个生日，还是用小笼包做的蛋糕，她说：“我知道你一开始就在骗我，你明明喜欢吃皮。你很爱骗人的，现在说得癌症也是骗我的对吧。”

他说：“对不起，我骗走了你最珍贵的时光。”

电视机黑屏。

“是不是要说我文不对题，我可是国际知名大导演，不过我还有最后一点没拍，我忘记怎么教儿子分小笼包的肉和皮了，所以你下次再来吧。”

“护士一会儿就要来查房了。”余人杰掀开隔壁床的被单，满满当当的小笼包外卖。他拿起两袋递给伍郎，“就当是订金了！我翘辫子之前你来拿片子，等我家小笼包懂事了，再给他看。不要问我为什么不直接交给老婆，我这种好男人，给老婆看到这个，她会感动得终身不再嫁的，那可不行！”

伍郎起身走到门边，看了一眼门框上红色的塑料桶，准备完成余人杰整他的心愿，打开大门，装着水的红桶扣到了头上。伍郎一脸疑惑。

“你以为水桶里就有水啊，可算整到你了。”余人杰一脸倦容，得意地笑着。

水桶里没有水，伍郎的眼角却湿润了：“没水，但是砸得我挺疼的。”伍郎没有回头，背对着余人杰，一手拿着余人杰给的小笼包，一手挥了挥告别。

医院的庭院里，伍郎打开小笼包，学着余人杰把皮肉分开吃：“余人杰，你又耍我，这样一点都不好吃……下次再找你算账。”

在地生活／包裹思念的美食王牌

赖声川《宝岛一村》结束演出时，给在场的每一个观众都发了一个包子，很多观众来自眷村，吃着手中的包子，噙着眼泪跟着人潮散去。

包子对于眷村人来说，是食物，更是一种思念的象征。饰演伍郎的赵文瑄老师也出生于眷村，谈话间不无自豪地说起："眷村里，我们山东人最多啊。"眷村里的包子铺，刚开始可能是山东人的最爱，但是久而久之，成了眷村人的一份思念，也不分南北，统统喜爱了。所以现在的台湾，好多眷村没有了，但是从南到北的眷村包子铺却留下了。真好吃包子、金陵包子、二空包子，光听名字就知道是来自眷村的味道。包子，作为一种情感的传承漂洋过海，又作为一种日常饮食被保留下来。

现在的台北，大街小巷，有贩售食物的地方就有包子的踪影，万芳社区的汤包店，厦门街的康乐意，大安路老字号包仔店，不只是早餐，台湾人的三餐，包子都可以成为座上客。像我们这样的大陆朋友来台，他们也会找出最好吃的包子来款待我们。虽然好多包子的口味做了改良，多了创新，不再是原来的味道，但是热腾腾的包子捧在手里，感受到的是最初漂洋过海的初心，现在只融于口的美味。也许你会说，自己没有那份情结，但是不可否认的是，包子好吃，你也会保存这份好吃的记忆，留在心里，留在你来过台湾的这份记忆里。

在地美食 /
一笼小包子里那些坚持

相比山东大包子的大情大性，江南的传统小吃小笼包，则细腻描绘人之常情。

关于小笼包的起源有两种说法。一说小笼包是清道光年间由常州万华茶楼首创，形成了以“鲜”著称的常州加蟹小笼包；一说小笼包是传承于北宋时的“山洞梅花包”和“灌浆包”，后在江南各地都有发展，如上海市南翔镇黄明贤在 1871 年创制了“南翔小笼包”，无锡民间也将小笼包发展成为“甜口”特色的当地小吃。

与其他馅心更大的包子相比，小笼包对馅料和面皮的制作似乎要更讲究。外形玲珑精巧，雪白晶润，呈半透明为最佳。馅料的制作尤为重要，卤汁须丰富，肉香扑鼻，馅满鲜浓最宜人。吃的时候一定要轻轻咬开包子皮，稍稍放凉再辅以香醋、姜丝，千万不要先吮吸汤汁，一定要连汤汁整个吃下，再闭口慢嚼，完全不能浪费汁水的浓鲜、馅料的美妙，才能成就齿颊满香的非常享受。

在台湾，最知名的小笼包当然在鼎泰丰。每个 20 克 18 个褶，精致到完美的蟹粉小笼包，每一步都追求到极限，让鼎泰丰成为台湾美食最著名品牌和台湾唯一一家米其林一星餐厅。当然每个台湾人都有自己的“私房”小笼包，在最后的的脚步中，我们将诚意推荐几家台湾本地人最爱的私房包子供君选择，为你规划一段“包”你满意的旅程。

| 伍郎看法 |

我们的故事都在食物里

美食是什么?

蜀黍说，好吃的都爱。

那蜀黍有没有看到杂志，或者纪录片、影像故事会变得特别馋的时候呢?

以为蜀黍会给出一个简单的答案，没想到蜀黍花了近30分钟时间，给我讲了一个美食电影的故事，它叫作《芭贝特的盛宴》。1987年上映的丹麦电影，获得了1988年的奥斯卡最佳外语片奖。

剧情描述丹麦北部的小村庄有一对笃信路德教的姐妹花，因为宗教而不惜牺牲爱情。她们家有一位从法国避乱而来的女佣，原来是法国大餐厅的名厨，她在中了法国彩券大奖之后，要求在两姐妹的父亲忌辰祭时亲自掌厨，招待教区中的老教友享受一席正宗法国盛宴。

蜀黍将故事娓娓道来，远比我复制粘贴来的标准剧情简介要精彩得多，尤其是他说到，最后晚宴开始的时候，所有人将昔日的矛盾、禁欲的教条全部抛诸脑后，尽情地享受晚宴，他们可以把最昂贵的葡萄酒当作果汁，每个人都呈现出无比的轻松快乐。蜀黍口中的画面，即使没有看过，也会令人为之动容，美食，就是这样能释放心灵，让人得到快乐的东西。

脚步 /
台北“包”你满意

台北美食处处有，今天我们来走一条“包”你满意的路线。

米其林一星的鼎泰丰

鼎泰丰是享誉世界的美食餐厅，招牌小笼包的美味更是为饕客所追逐。然而最吸引我的并不是它的工艺，而是鼎泰丰这三个字的来源。都是老一辈人开创店铺之初，不忘恩情而取的名字，这样的店铺必定是长久的。最为推荐的是蟹粉小笼包（200 元新台币 / 笼），著名的 18 褶不在话下，每一笼的包子旁边，还会蒸上一只橘色的面粉小螃蟹，尤为可爱。

总店地址：台北市大安区信义路二段 194 号
联系电话：00886-2-23218928
营业时间：周一至周五 10:00~21:00，周六日 09:00~21:00

偶像剧里的高记

知道高记的原因，说来比较肤浅，因为台湾的一部偶像剧《我可能不会爱你》，李大仁给程又青庆生时打包的外卖，就是高记的。所以第一次看见高记的袋子，仿佛也想过一个程又青的生日，叫了外卖，打包带走。高记主打上海菜，最有名的是铁锅生煎包（200 元新台币 / 份），煎得恰到好处，一点不觉油腻，许多上海人来这里，也是赞不绝口。

总店地址：台北市大安区永康街 1 号
联系电话：00886-2-23419984
营业时间：周一至周五 10:00~22:30，周六日 08:30~22:30

好公道的金鸡园

和名字一样的价格，在永康街鼎泰丰和高记的包围下，金鸡园的价格显得格外亲民，是上班族和学生族的最爱，也有许多日本杂志争相报道。虽然“褶”得没有鼎泰丰精致，但是味道却一点不输。招牌蟹黄小笼（160元新台币/笼）、虾仁烧卖（120元新台币/笼）、油豆腐细粉（70元新台币/碗）不可错过，他们家还有各式各样的烧饼，葱烧饼、蟹壳黄、鲜肉饼、萝卜丝饼和千层糕，如果还有肚子，不妨尝一尝。

总店地址：台北市大安区永康街28-1号
联系电话：00886-2-23416980
营业时间：09:00~21:00

北大行小笼汤包

《孤独的美食家》第六话“大导演小笼包”中导演口中的北大行小笼包，是台湾朋友推荐的在地好店，正片中伍郎已经吃过他家的小笼包了，那么这里就带大家吃吃不一样的北大行的小笼汤包（240元新台币/笼）。他家的小笼汤包都会附赠一碗浸满鸡蛋丝的高汤，它不是用来喝的，而是用来“泡汤包”的，热热的汤包放在高汤里吸收汤汁，也顺便降了降温，再用勺子舀起来吃，味道和感受都非常特别呢。

店铺地址：台北市信义区光复南路427号
联系电话：00886-2-27299370
营业时间：11:00~14:30、17:00~20:30、每周一公休

阿桐阿宝四神汤 + 肉包

位于宁夏夜市附近的阿桐阿宝四神汤，店铺沿街开设，经过这里的人，常常会被这里点餐的人潮挡住去路，可见这里的人气。所谓四神汤，就是薏仁、莲子、芡实、茯苓，原本是中药中的“四臣子”，被闽南语一念就变成了“四神”，四味药材制成的汤水具有养颜、清火等功效，喝着四神汤（50 元新台币 / 份），再搭配他们家内馅饱满的肉包（15 元新台币 / 个），不仅填饱肚子，连美容也一起做了呢。而且他们家的汤水是可以免费续的，续上的汤水依旧是真材实料，好好味！

店铺地址：台北市大同区民生西路 153 号
联系电话：00886-2-25576926
营业时间：11:00~ 凌晨 5:00

蓝家割包

割包，闽南语音译“挂包”，顾名思义，已经没有小笼包、大肉包的形象了，它被割开了，更像是肉夹馍，或者说是中式汉堡。两块饼皮是两块白白胖胖的馒头，里面夹着五花肉和特制的榨菜、酸菜以及花生粉，因为花生粉的关系，整个割包（50 元新台币 / 个）呈现咸甜的口感，很是特别。同时他家也售卖四神汤，果然台湾的包子和四神汤已经是公认的好朋友了。

店铺地址：台北市中正区罗斯福路三段 316 巷 8 弄 3 号
联系电话：00886-2-23682060
营业时间：11:00~24:00

永丰盛

位于师大路的永丰盛，和前面的老店相比，仅有十余年的历史，老板娘来自桃园的糕饼世家，传承的是老一辈的手艺，店面不大，没有座位，只能站着排队买回家，即使如此，每天一到包子出炉时间，门口立刻排起长队。店内主打古早手工馒头和包子，鲜嫩多汁的大肉包（25 元新台币 / 个）和香甜可口的芝麻包（25 元新台币 / 个）最受欢迎，不爱大肉的也可以试试大学生最爱的高丽菜包（25 元新台币 / 个），料多香甜，足见店家的用心。

店铺地址：台北市大安区师大路 111 号
联系电话：00886-2-23658619
营业时间：14:00~21:00

妙口四神汤肉包专卖店

看见彰化银行，就能找到庙口包子店了，即使身为本地人的制片大哥，也是这样带我们找到这家老店的，老店简朴，没什么装潢，只是包子一出锅，热气香气扑鼻，走过路过定舍不得错过。肉包 20 元新台币 1 个，常年都是买 10 送 1，味道只有一种，省去了选择的麻烦，不想出门的，店家还有送货上门服务，冷冻和熟食都有，不过 50 个起送哦！

店铺地址：台北市大同区迪化街一段 120 号
营业时间：12:00~19:00，周一公休

伍郎的散步地图
台北“包”你满意

第七话

聚光灯下的梦

本话食物

鸭肉扁

鹅肉米粉

鹅腿

拍摄地点：西门町 / 红包场

故事 / 聚光灯下的爱情

伍郎从西门町捷运站下来，眼前是熙熙攘攘的人群。今天和客人约在“凤凰大歌厅”见面，据说那是一家老牌的红包场，在几十年前堪称西门町一景，只是岁月更迭，早已被年轻人淡忘。亦如他手中的货品，一件重工的蓬蓬裙礼服，流行过，但是这个年代没人会穿了。

这次的顾客很特别，货品交涉一直都是通过短信联系，当然对于伍郎来说，与其让他说话，他也更愿意发短信解决问题。这样的客人，正合他意。根据顾客给的地址，伍郎找到了这间门脸只有一般商铺一半大的歌厅，窄窄的楼道里，挂满了红包场歌手们的照片，类似美艳亲王的名牌比比皆是，走在楼道里仿佛时间倒退了半个世纪。

据说当年红包场的灯箱和招牌堪比大上海的百乐门，可惜年轻的时候没机会也没兴趣来，今天若不是因为顾客一定要在这儿交货，恐怕就算来了西门町，伍郎也只会在老天禄和阿宗面线觅食，而不会找上这招牌只占商铺半个门脸的红包场。快到和客人约定

从左至右：
1. 伍郎拿着货品来到红包场。2. 伍郎满足地享用鸭肉扁的鹅肉。3. 结束了一天的工作，来到鸭肉扁。

的时间了，伍郎从衣兜里掏出颇有年代感的老照片，上面是一个卷发少女，穿着蓬蓬裙，厚厚的粉底下是年轻的笑容，这就是自己这次的客人——欣怡。伍郎想着要是凭这种浓妆照片都能找到人就奇了，还好只是用来找衣服的。

伍郎正想着，身后有人突然拍他的背，伍郎手中的相片掉落，回过身来看，拍他的原来是一位老人家，老人捡起照片，一脸笑容，他带着炫耀的情绪说，照片里的人他认识，十年前只在台上表演过一次，没想到今天还能看到她的演出。伍郎一边被热情的老人带上楼，一边猜想着老人的身份，大抵是个退伍老兵，当年红包场的兴起就是因为他们对海峡那头的思乡之情。

眼前的红包场，用的是几十年前的士高的装潢，舞台上有酒红色的帷幕，台下全是皮质的沙发座椅，或三个围成一圈，或一个自成一体，每张台都配有透明的长条茶几，用来摆放茶水、果盘和红包。顾客欣怡此刻正穿着居家服在台上，身后的乐队奏起旋律，

虽然素颜上台，但是欣怡的歌声确实动听。当乐手停止奏乐，台上的歌声仍旧继续的时候，伍郎的背后传来一个声音告诉了他真相，台上的人不仅是假唱，还是一个哑巴歌手。

说话的人是大炳，伍郎的常客，同时也是征信社的员工，他说自己今天也是来工作的，帮客人方方寻找十年前的缪斯女神……

少女时代的哑女欣怡和姐姐在红包场做义工，遇见了怀揣音乐梦的写词青年方方，少女羞怯，不敢上前搭讪，于是暗自练习，在台上唱歌，用《一见你就笑》，希望青年注意到她。可是当青年爱上少女美丽的笑容后，他得到了灵感，写出了好词，被唱片公司录用，当然也就忘了这个红包场，十年过去，少女已为人妻，嫁的正是当初的青年。

十年过去，生活并没有想象的美丽。男人的创作陷入“瓶颈”，却只会逼迫自己，拒绝妻子的关心，而妻子因为不能说话，比普通人更缺少了表达的机会。两人渐行渐远，正在办理离婚手续。方方想做最后的努力，找回当年的缪斯女神，也许生活会回归正轨。

从左至右：
1. 浓妆的哑女欣怡在台上表演。
2. 哑女欣怡原谅了丈夫，圆了聚光灯下的梦。
3. 伍郎走在西门町的街头。

欣怡也想帮当年的青年最后一把，因为她的心底还爱他。

表演开始了，台下是等待已久的方方，尽管伍郎送来的礼服和当年一模一样，但走形的身材，加上浓重的妆容，欣怡早已不复少女模样。音乐响起，灯光变化，舞台上欣怡边唱边跳，方方从刚开始的失望，到后来从光影里看到年轻的欣怡，看到她的笑，从一开始，她就那么爱笑，她对他唱着“我一见你就笑”，方方认出了妻子，最初他就是爱上这个哑巴女孩的笑容，只是他从来没有想过自己的哑巴妻子竟然是当年台上唱歌的缪斯女神。他在舞台下不停打着“原谅我”的手势，欣怡却笑着拒绝了，他在红包上写满道歉的话，一句接一句，红包场的人，一个接一个地将红包送到欣怡手里……

伍郎走出红包场，四周又恢复了喧闹，眼前是一家叫作“鸭肉扁”的店铺，他选了靠近门边的位子坐下，看到菜单后，才发现虽然是叫鸭肉扁，卖的却是鹅肉，不过这并不妨碍它的美味。这就像聚光灯下的生活，也许他们说的唱的并不是完全真实的自己，但是观众听得看得受用开心，那么这个梦就是完美的。

在地生活 /
西门町的不老传奇

从很多年前开始，台湾一线明星的宣传路演、握手会、签售等活动都会选择在西门町，原因只有一个，这里是台北年轻人最聚集的地方。2003 年的电影《向左走向右走》中，梁咏琪在人群中寻找金城武的场景也是在西门町，时间过去十几年，当年的高妹已为人妻和母亲，帅气的金城武也成了大叔辈，一代又一代活跃在娱乐最前沿的明星们、年轻人，开始成熟起来之时，西门町却从未老去，从未过气。无论哪一新生代，走在西门町的街头，都洋溢活力和满满的能量。

西门町位于台北市万华区的东北部，范围包括现在的成都路、康定路、汉口路和中华路。1896 年，这里就有了老台北的第一家戏院“东京亭”，1902 年开始设立荣座作为娱乐场所，1908 年八角堂开业，这一区域开始成为台北市民休闲聚集地。1922 年，正式以“西门町”命名，1930 年前后，各影院、戏院纷纷在西门町开业，热闹的景象一直持续到 20 世纪 80 年代。现在，西门町作为台北西区最重要的商圈和最具流行风向标

的地区，拥有台北第一条步行街，商铺林立，电影街、刺青街、美食档、书店和精品服饰小店都是台北市民和年轻人假日里最喜欢去的地方。

就像很多繁华的街市一样，西门町也是夜越深越美丽。大屏幕里播放着最新的广告和电影预告，都在告诉我们，西门町从来都是娱乐界重镇。每个周末，西门町轮番上演着各种小型演唱会、唱片发布会、签售会，街头表演也随处可见，仍在营业的十几间影院里放映的全部是热门影片，更有专营日本杂志、书籍、服装的店铺，全部与日本同步，所以西门町又被称作“台北原宿”。

西门町是青少年的天堂，同时也有很多老字号一直存在着，万年商业大楼、狮子林广场、西门红楼等与新一代年轻人喜爱的诚品书店一起，都是今天西门町的消费和文创中心。在持久的热度背后，西门町也有安静的角落，转进小巷，依然是寻常人家毗邻而居，水果店门口摆放着新鲜夺目的热带水果，老派的小吃店里转着慢一拍的时钟，提醒路人过客，老台北还在呼吸。

另一个有趣的故事是，当年林青霞就是在西门町和友人闲逛时，被星探发现，走进了娱乐圈。几十年过去，林美人60岁仍耐得住岁月蹉跎，散发着迷人光芒，西门町也一样，闪闪发着光，诉说那些说不尽的传奇，并等待着新的奇迹和故事发生。

在地生活/红包场的美丽传说

西门町永远都在换血，尽管老店还是老店，但是许多已经是子承父业的老店，更不乏新人新店着落于此。而红包场，却没有子承父业的故事，它在渐渐成为传说。

红包场起源于大陆军官漂洋过海来台湾的年代，产生于供需时代。那时候的军官、军眷离乡背井，总想着回去的一天，在回不去的日子里，这种具有针对性的思乡良药就应运而生。红包场本来不叫红包场，只是因为客人们对喜欢的歌手，会有送红包的这一行为，渐渐成风，就有了红包场这一统称，实际上，每家店依旧有它们自己的名字，比如我们拍摄的这一家，就叫“凤凰大歌厅”。就如剧中乾德门老师扮演的老兵对第一次来红包场的伍郎说的一样：“那是你没赶上好时候，以前这里可真的是大歌厅！”说起这话的老人，脸上自然地会泛起那个时代的光华。只是如今，观众依旧是那些观众，不过一年接着一年，人渐渐老了，渐渐少了。

回看过去，是从 20 世纪 60 年代起，西门町的红包场逐渐红火，模仿上海大歌厅的装潢，红色帷幔下的舞台，身着华丽衣饰的歌手，唱着那个年代的歌曲，“小周璇”“美艳亲王”，歌手们的称号都带着浓浓的时代烙印，她们唱的是自己身世飘零的《天涯歌女》，唱的是回也回不去的车水马龙的《夜上海》。在歌声里，身在他乡为异客的人们渐渐落地生根，变成了台湾人口中的“外省人”。外省人一代接一代，在台湾发光发热。只是这种热度，并不会照耀到红包场身上。

想起小时候特别喜欢玩的芭比娃娃，到现在这个年纪，多半不爱了，只有现在还是小娃娃的女孩才会喜欢。红包场产生于离乡背井的心境，现在的小女娃娃是不会有的。又比如任何食物，加再多的防腐剂，始终是有过保质期的那一天。红包场，也有保质期，悲伤的是，恐怕保质期将近了。

初次走访红包场的时候，看见的歌手就多半是年近半百，或者年过半百的，这样的说法，丝毫没有要夸张的意思。其实，我是个不太会看别人年龄的人，所以当我访问一位浓妆艳抹的歌手时，她告诉我她已经 50 岁了，真的有一种开玩笑的感觉，但实际却不然。因为红包场的环境不如以前，而且红包场的歌手并没有固定工资，只靠红包收入，所以不景气的时候，也是会有没什么收入的日子。另外，红包场的置装费也都是歌手自己掏腰包，那种平时穿不出门的舞台装，人手钉珠，每件在人民币 2000 元之上，说多不多，入手几套之后也不是小数目。最重要的是，在大多数人看来，红包场歌手，并不是什么说出去特别光彩的好职业，曾经也试图访问尽可能多的红包场歌手，其中有几位，就是以不希望被家人知道自己来唱歌的理由回绝了。也因此，红包场正在随着歌手的老去而老去。

也许可以旧瓶装新酒呢？也许这也是未知数，平时除了老客人，也有不少大学做社会调查的学生和不少自由行的人来此探秘，就是我们的番外篇，也依旧选择了再战红包场，还让两个少女主持人邱欣怡和李艺彤上去唱了一把，两个小姑娘下台后，特别兴奋，想说如果真的是在做营业表演，她们能收到多少红包。其实我也想知道，如果红包场重新包装，有了新血，会不会变得不太一样。所谓“能接触到的偶像”，早在秋元康之前，就有人做了，就连表演时间都一样，红包场一天也是两段表演时间，下午 2 点和晚上 7 点。只是，红包场会不会复苏，还是说最后，会变成西门町博物馆里的一段影像，就不得而知了。说实话，非常不希望后者的发生。

所以，如果你来台湾，不妨到汉口街、峨眉街、西宁南一带走走，据维基百科说，多数的红包场分布于此，可能是我路痴，并没有找到其他家。但是可以告诉你，我们拍摄的“凤凰大歌厅”就在万华区西宁南路 159 号的 5 楼，你需要在林立的招牌中仔细寻找，然后爬个小楼梯，搭上小电梯，才能找到。是不是像一次寻宝游戏呢？

在地生活／关于西门町的老爷爷

不知为什么，刚开始对于西门町老爷爷的印象，居然停留在了哈狗帮的《西门町老人》，有钱没家人管，色眯眯把妹的老人。

但是事实上，后来在红包场看见的老人却是这样的，一位是坐在红包场楼梯口的老人，有些神志不清，他确实是来等人的，等的是红包场的一位歌手，他依然能口齿清晰地说出自己想听歌手唱歌，说起来带着浓重的北方口音，可想而知，又是一位在台湾生活了大半辈子的老兵。只可惜歌手已经不在了，是离开了红包场还是离开了这个世界我们无从知晓，只能看着前台给他家人打电话，让人将他接回去。

还有一位算是颇有意思，坐在红包场最后排的位子，一边手写着红包，一边看着自带的平板电脑里播出的手撕鬼子电视剧，无论是写红包，还是看剧，两样都不耽误。再好听的歌，循环一个月是我的极限，循环半辈子的话，它就会成为你生活的一部分。

在地美食／不卖鸭肉的鸭肉扁

再好好说说剧中的美食，西门町里老字号很多，鸭肉扁也算是特别的一家，开业多年，却只此一家，想吃就来，只能来这家。台北很多老字号饭馆都有这种固执，年代的更迭，技术的进步，似乎和它们一点关系也没有，却也保证了食客吃到的味道，传承如一。

鸭肉扁里不吃鸭肉，吃的是台湾土鹅肉，墙上的菜单上只有面、米粉和鹅肉。你可以点鹅肉米粉或鹅肉面，再配一盘鹅肉，点菜上菜结账都特别简单，但就是只凭这老三样，鸭肉扁这家老店已在西门町屹立六十年。

地址：台北市万华区中华路一段 98-2
电话：00886-2-23713981

根据鹅的部位不同，价位也有所差别。一盘鹅肉 100 元、200 元、300 元新台币的进阶等级，在台北小吃中已算高价，但是精心挑选的土鹅，肉质绝不柴，连皮带骨一起啃，特别有嚼劲，鲜甜香浓的口味，绝对吮指级别。米粉和面的高汤，还可以无限续汤，当然如果有肚子的话，还是不要喝太多汤水，西门町还有好多好吃的推荐给你！

推荐店铺

阿宗面线

店址：台北市万华区峨眉街口 8-1 号
电话：00886-2-23888808

老天禄

店址：台北市万华区武昌街二段 55 号
电话：00886-2-23615588

赛门甜不辣

店址：台北市万华区西宁南路 95 号
电话：00886-2-23312481

三吉烤鸡腿

店址：台北市万华区武昌街二段 85-7 号（日新戏院旁）
电话：00886-2-23897063

| 伍郎看法 |

我所认识的西门町

赵蜀黍说以前的西门町比现在更加个性，那里有台北的杀马特，国外流行什么，西门町就马上有什么，那时候的西门町没有很多街头艺人，但是有很多无处安放的青春。

蜀黍去西门町的主要活动是看电影。按照通货膨胀率来说，当时的电影票比现在贵上好几倍。攒钱看电影，是蜀黍的一大乐趣，他说这次去西门町拍戏，电影街没有以前繁华了，以前的大门脸，所谓“硕大”招牌，真的是有些气势的，现在更快销一些，倒是有一种比不上过去矜贵的感觉了。

聊起电影院里的零食，比起现在的爆米花、可乐、松饼，蜀黍说起那个时候他们吃的观影零食，让我大跌眼镜的同时，真的有种好时候一去不回头的感觉。他们进电影院，吃的是烤鱿鱼、煮花生，还有炒螺丝。香气扑鼻的烤鱿鱼，浸渍着汤水的煮花生，那种大排档里带壳的炒螺丝，想一想影院里的味道就会非常丰富，蜀黍你可知道，现在的电影院里，要是吃一个海苔味饭团，都会被鄙视的。蜀黍还不无得意地说，那个年代，电影院里，还是允许吸烟的。这样想象一下，电影院里的感觉更接近自己的家里了，自由自在，好不快活。

蜀黍说学生时代，自己基本是好学生，尽管作业这种东西也是不太爱做的。出于好奇，他也去过红包场，那时候的红包场正是最兴盛的时候，满场的老兵，还会比谁给的红包多，颇有以前有钱人捧角儿的范儿。后来成为演员后，参演张艾嘉执导的电影《今天不回家》，也有一场戏安排在了红包场拍摄，更巧的是，本次《孤独的美食家》的拍摄也选在了这一家，可能是有缘，也有很大的实际因素是随着当年的年轻士兵渐渐成为老兵，渐渐离开，红包场的观众越来越少了。

脚步 /
老西门町的老建筑

西门红楼

1908 年建成的八角堂，最大的特色是每个边都长约 8 米。这栋仅两层高的红砖洋房现在是台湾三级古迹，在日据时代后期，与楼后十字形建筑合称西门市场。很多老台北人都曾是西门市场的常客，后来这座建筑又先后作为红楼剧场、红楼戏院、菜场而存在，在 1997 年，才定名为“西门红楼”。现在已成为台北文创的新兴区域，很多年轻人在这里开设店铺，并定期举办创意市集等艺文活动。

地址：台北市万华区成都路 10 号

台北天后宫

走在过于喧嚣的西门町街上，忽然看到一座古香古色且华丽繁茂的天后宫，是能让心沉静一下的。这座原址在艋舺直兴街的“西门町妈祖庙”，与龙山寺、艋舺祖师庙并称台湾清领时期艋舺三大庙门。庙中除供奉妈祖神像之外，还在侧殿供奉着日本真言宗创始人弘法大师，所以此庙日本游客众多。

地址：台北市万华区成都路 51 号

剥皮寮老街

电影《艋舺》反复提到的剥皮寮老街，就位于现在万华区广州街、康定路和昆明街，名字很怪，却在电影上映后成了名声远播的台北老街。街道仅宽 3 米，长三四百米，全部为一二层高的砖木房屋。现经翻修整治，成了台北乡土教育的游览场所，如对台北的历史和过往生活风貌有兴趣，可以前往参观。从陈列的老物件可一窥当年老艋舺地区的繁荣。

地址：台北市万华区老松小学南侧

脚步 /
新西门町的新生活

电影街

电影街的由来可以追溯到 1963 年，当时的西门红楼更名为红楼戏院，开启了西门町电影街的第一步，然而西门町的电影街却不是老建筑，因为现在的西门町电影街，主要是集中在武昌街二段，电影院一家挨着一家，因为台湾引进制度的不同，许多小众的电影，以及大陆未能引进的片子，在电影街也能找到。

电影街附近还有电玩城，用于消磨等待看电影的时间，在电玩城的街机区域看见街霸初版到 2000 版街机排成一排的时候，说不出来地有点感动，初版可是和我同一年诞生的啊。看见以前在游戏厅里沉迷的游戏，现在的孩子还在熟练地操作，尽管像素很低，你也觉得差一点热泪盈眶。因为那种一字排开各个阶段街机游戏的感觉，真的像是在对我们的青春敬礼。

地址：集中于武昌街二段
交通：搭乘捷运板南线，西门捷运站 6 号出口，往武昌街方向走。

Animate 安利美特

番外篇主持人李艺彤的强烈推荐，虽然我也从小看日本动漫，但是我们那个年代，有钱的就辗转购进台版漫画，虽然漂洋过海等好久，至少还是有清晰的，可以看，结局也是完整的。没钱的只能看四拼一漫画（盗版漫画），有时候装订得不好，男女主角接吻的时候，女主角就被装订了好吗，男主角是在亲吻隔壁的大楼好吗……

特别感谢现在大陆的出版社开始正规引进漫画，我们《孤独的美食家》的漫画也有大陆正版了，虽然当知道我们正在拍摄《孤独的美食家》的时候，也有动漫圈的人质疑我们是不是盗版，真的不是，我们和扶桑社买了版权的。版权时代到来，我们能看到的只会更丰富，从这点上来说，不得不羡慕现在的孩子。

言归正传，说说这家台北的安利美特，开设于 2010 年，主要经营动漫相关角色商品，书籍杂志、光碟、游戏、画材等物品的贩卖。其中声优商品以及游戏商品等在动漫迷的口碑中特别好，甚至有称在动漫系的商店中最大规模的店铺。其实不只台北，在北京、上海、成都都设有专柜，但是如果你是动漫迷，台北这家 450 多平方米的旗舰店不来可就可惜了，里面可是容纳了五千多种杂志漫画，还有两万多种同人商品呢。

店铺地址：台北市中正区中华路一段 39 号 B1
联系电话：00886-2-23893420
营业时间：10:00~22:00

伍郎的散步地图
西门町周边

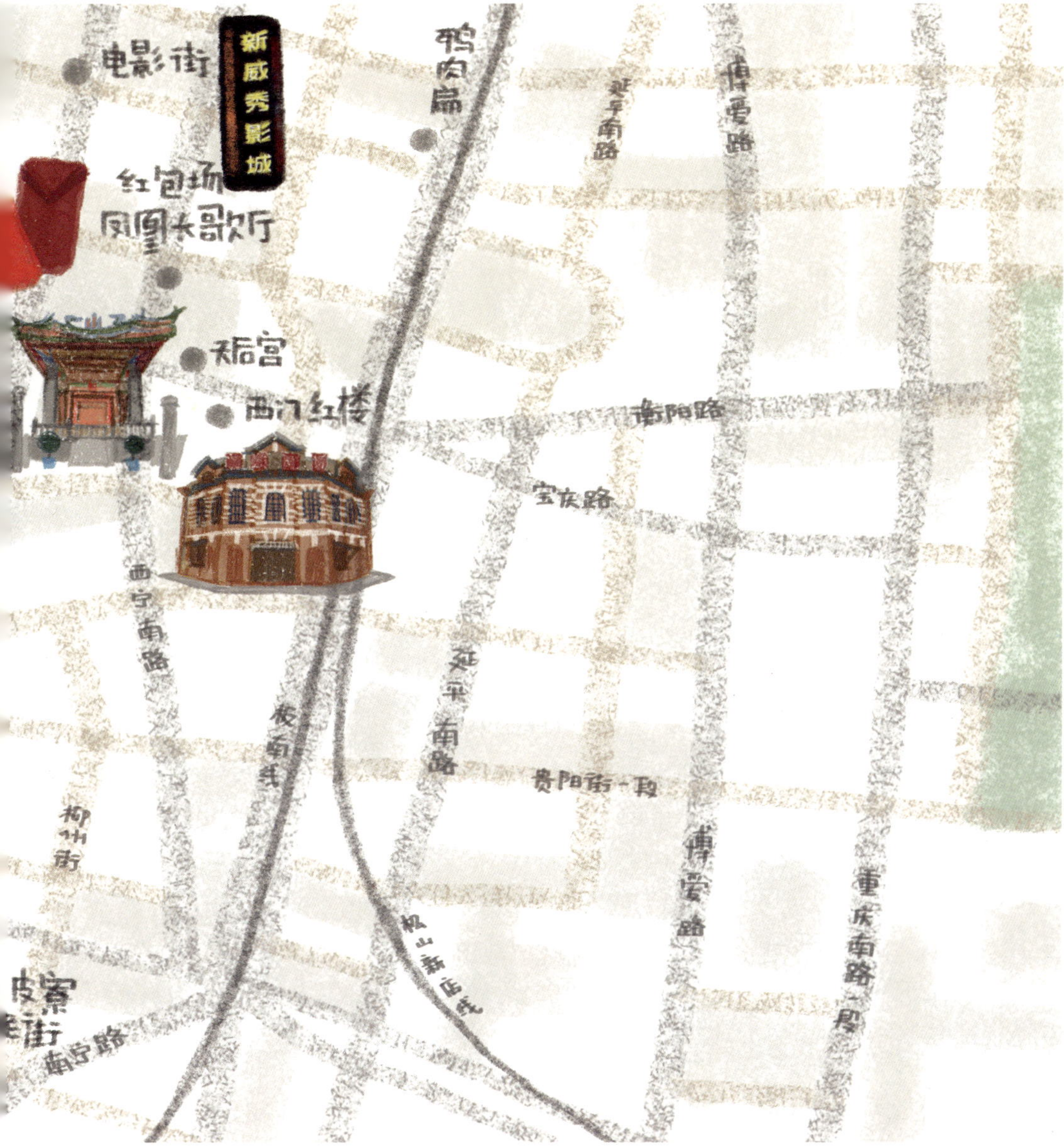

拍摄地点：魔椅 / 万华区龙山寺捷运站地下街 / 华西街夜市

第八话

收件人不详

本话食物

台南担仔面

特选生鱼片

法式焗明虾

清蒸北极贝

蟹黄焗白菜

季节性鲜鱼

香酥鲜虾卷

故事 /
游民可能不自由

身自由，是否心也自由。这是我看到游民时的疑惑，也是认识伍郎之后的疑惑。于是，有了这样的故事。

伍郎在旧货店淘货，因为母亲的来电，手机掉进夹缝，又是响了三声就挂断了，这么多年了，自从离家后母亲就保留着打电话响三声就挂断的习惯。

拾手机的同时，伍郎发现了甚合心意的匣子，但是匣子里躺着一封收件地址不详的信件。老板说他们收老东西的有不成文的规矩，有嘱托的物件不好变卖，不过伍郎要是不信这些，也无妨。伍郎买下了匣子，并决定去信上写的龙山寺地下街碰碰运气，完成匣子原主人的嘱托。

从龙山寺捷运站下来，才觉得自己很荒唐，信上的收件人林志豪算是台湾的菜市场名了，偌大的华西街可能会有不下 50 个。伍郎有些后悔，看着眼前地下街横竖躺卧着不少游民，猜想林志豪也可能是这些游民中的一个。

从左至右：
1. 青草街，几十年来一直没变。2. 伍郎巧遇游民爆炸头。

伍郎这样想着，不小心踩到了边上游民的被褥，却看见被褥的一角绣着一行小字——林志豪，字体和信封上确有几分相似，林志豪却极力否认。伍郎无奈准备打道回府，正巧看见一个游民在踢自动贩卖机，于是好心帮他买了一瓶饮料，却意外收获了林志豪的过去。

来做游民的，很多人不愿说起自己的过去，譬如林志豪。他很小的时候母亲就离他而去，长大后他白手起家，成为金融才俊，开始到处找母亲。终于找到母亲的同时，媒体也曝光了其母亲和同居男友都是艾滋病患者的事情，男友顶不住舆论压力，离开了人世。林志豪很自责，同时母亲又拒绝和他相认，林志豪觉得都是自己的错，于是一夜之间，消失了。

林志豪躲到了儿时最后一次和母亲相见的华西街附近，母亲找到了他，给他送来特制的担仔面，里面放了以前母亲不让他吃的“鸡忘记”。小时候他想吃，母亲却说吃了记性不好，不让他吃。但是母亲答应他，有一天他有烦恼了，就做“鸡忘记担仔面”给他吃，可是他从来没有打开过母亲送来的面。

伍郎将信件放在了蒙着头的林志豪身边，林志豪将信丢进垃圾桶，等伍郎走远了，又捡了回来。每次替林志豪吃面的爆炸头，用打零工的钱给林志豪弄了一碗和母亲送来的一样的面请林志豪吃。

夜色点亮了周边的彩灯，伍郎来到华西街夜市，走进台南担仔面店，他终于想起了母亲每次来电都响三声的含义……

在地生活 / 老艋舺生猛 新艋舺安居

再来看看故事的发生地，如今的台北市万华区。曾经它最响亮的名字，叫作艋舺。它是老台北重要的街区之一，也是台北市发展的起点。在这片土地上发生了太多传奇，都伴随着城市的发展载入历史中。18 世纪中期，陆续有泉州人迁居于此，与当地人通婚融合。清领时期，此地凭着优越的地理位置，借移民增加和开垦之力，快速地扩张为物产丰饶的腹地，成为盛极一时的商业中心。当时有“一府二鹿三艋舺”的民俗谚语，说的就是全岛三大港口城市的盛况。一府指台南府，二鹿指彰化县鹿港镇，三艋舺就是指艋舺，当时已是全台第三大城市，也是台湾北部第一大城市。

台北的繁荣始于此，所留存的旧年代遗迹就特别值得走一走。西昌街 224 巷内的数十家草药店，让这里有了青草巷的美称；西园路因龙山寺兴建而起，留下了佛具店和绣庄；欢慈市里有台北最早的码头和市集，新协和药行、艋舺教堂、青山宫都还在；广州街上有香火不断的龙山寺，还有艋舺隘门、淡北育婴堂碑、黄氏宗祠等历史景点；

环河南路是当年各家较力的码头区。走在夜晚的艋舺街市，心中默想那一段风云际会的历史，也能感受到那一股昔日生猛鲜活的气场。路边的庙宇与平俗小吃店混杂在一起，可见神明信仰与当地人生活是多么息息相关。

电影《艋舺》让艋舺从历史的尘嚣中走到现代，以一个封闭于老艋舺地理范围之内的 20 世纪 80 年代故事，诉说了曾经的热血和动荡。片中取景旧街区，以祖师庙作为片中庙口帮的据点，也有其真实的历史背景。本地人将对生活的希望都寄托在神明之上，小小庙口就是全部的世界。格局虽窄，但所有的争斗厮杀也残酷到无情。艺术的巧妙也在于此，无须调动大场面，几个年轻人之间的兄弟情义、生生死死就高度浓缩了老艋舺民间生活的激烈。

1920 年，艋舺取“万年均能繁华”之意，正式更名为“万华”，即今天的台北万华区，《牯岭街少年杀人事件》中的万华帮即指此“万华”。老艋舺北起忠孝西路，南至三水街，东起中华一段，西至淡水河，后几经行政版图的更正，今日万华所涵盖的区域又大大扩至中华路以西和忠孝西路以南，连同西门町都被划为“万华”。这样一来，就将传统人文景观、商业流通中心、现代交通枢纽融合为新艋舺的生活机能，成为民众乐业安居之地。

在地生活 / 龙山寺 信仰之地

台北城中，凡世俗热闹之地，必有神灵佑护。清乾隆三年（1738 年），在艋舺地区定居的泉州移民为了祈福消灾，将泉州府龙山寺观世音菩萨请至台湾，兴建了艋舺龙山寺，后又为道教的妈祖、文昌、关帝君、华佗、月老等建殿，为不同宗教信仰的移民提供参拜之所。

龙山寺占地约 5500 平方米，坐北朝南，是传统的三进四合院宫殿式建筑群，在几百年的整修建设中，成为匠心独具的艺术殿堂。前殿八角藻井和全台唯一的全铜龙柱，都是罕见的精品。随处可见的石雕、木雕、彩绘等均保存完好，展现着极具价值的寺庙之美。人们来此打坐、求福、求签、休息、观赏，许下美好愿望，让寺中聚合起巨大的能量场，辅佑更多的祈盼之心。

每逢年节，龙山寺的热闹场面更是可观，尤其是拿着小板凳排队点灯的信众，为了来年家人的健康平安、学业进步、财运亨通，都是煞费苦心。平安灯、文昌灯、财神灯，年节点灯的氛围，不仅在龙山寺，全台北、全台湾都是非常盛行的。那气势，随随便便就把苹果店门口排队买新品手机的年轻人比下去了。除了逛寺庙之外，来到龙山寺，不

妨也去命理街走一趟。

龙山寺命理街，就在龙山寺地下街的一隅，不算太大，每家店铺紧挨着，只在必须过人的地方空出弯弯曲曲的过道，颇为神秘。店铺的区别，主要分为中式和西式的，大师们基本都是中式的，将中式算命占卜融会贯通，西式的也不遑多让，招牌上能供君选择的占卜方式可以说是眼花缭乱。但是每一家还都是有自家招牌的相命方式，门口的招牌边，你还能看到不少自己的偶像就曾到此一算，比如番外篇的主持人李艺彤就看到了日本的卡莉怪妞，于是也坐下来算了一卦。

命理街可以提供的服务非常之多，消费也根据服务等级提升，最便宜的基本从 300 元新台币起，上至几千，算命前算命师都会先给出价目表，让你选择自己想算的项目。灵鸟卜卦、测字算命、紫微斗数、手面相、塔罗，应有尽有。两姓合婚、生产择日、命名改名、居家阳宅，只要是有任何需要指导的地方，都能找到答案。

随着科技的进步，算卦的方式也有小变化，本来需要非常复杂测算的命盘，现在只要将你的生辰八字输入电脑，几秒钟的时间就能看见打印设备输出你先天的命盘。不要以为算命师那么好当，真正考验功力的还是对命盘的解读。你也可以花 10 元新台币玩玩随机的自动算命机，投入硬币，把手放在机器上，不一会儿，你的“命运”就出现在屏幕上了。

地址：台北市万华区华西街49号
电话：00886-2-23084874
营业时间：13:00~凌晨01:00

在地生活／外国游客最爱的台北『蛇街』

台南担仔面所在的这条华西街夜市，是国外游客最喜欢来的地方，夜市入口是传统的牌楼建筑，两侧还挂着红色的宫灯，日本漫画和好莱坞大片中的中华街，都不外如是。华西街，很好地诠释了外国人想象中的中华街。

夜市不长，却是名声在外，在台北被称为“蛇街”，以贩卖山珍海味为主。以前每天还有杀蛇表演，只是如今虽然蛇店尤在，但公开地杀蛇表演，已经看不到了。“蛇街”的名声不在，华西街也少了当年的辉煌，但业主依然凭借口碑，精心经营着老店。

亚洲毒蛇研究所，能吃到新鲜的蛇羹、蛇血、蛇胆、蛇精液。是的，就是蛇精液。就这个我们几个女人还默默地研究了一会儿，因为柜台上放着红色、绿色、黄色、白色的四个小杯子，排除了红色的蛇血、绿色的蛇胆之外，是黄色还是白色，我们着实研究了一会儿，不要让我说答案，有兴趣，你可以去问问老板。虽然没有了杀蛇表演，老板还是很乐意让店内温和的黄金蟒和你来一次亲密接触的，不过一定要在专业人员的指导下，因为黄金蟒的力气可不小。

大鍋肉羹

大鍋肉羹，是这条街上我最爱的一家，也是一家五十多年的老店，店里的肉羹都是现场纯手工制作，一走进店里，从门口就可以看到加工的工序，温体猪的后腿肉加少许地瓜粉制作，捏入大骨熬成的汤中煮沸，用清甜的白萝卜提味，最喜欢他家的肉羹没有勾芡，吃起来尤觉清爽。

地址：台北市万华区华西街63号
电话：00886-2-23025073
营业时间：10:00~20:00，每月不定期公休

北港甜汤

东西不多，只有几小样，烧麻糬、小汤圆、芋头汤、绿豆汤、豆花，足以教会你台湾的古早味。老板站在锅边不停地搅拌着麻糬，这么一做就是一个甲子。热滚滚的烧麻糬，在沸腾的水中翻滚，起锅蘸上香甜的花生粉，厚实的口感里包含着店家对食物的用心。

地址：台北市万华区华西街59号
电话：00886-2-23023281
营业时间：16:00~23:00（卖完为止）

在地美食 /
金碧辉煌的台南担仔面

店铺地址：台北市万华区华西街 31 号
联系电话：00886-2-23081123
营业时间：周一至周六 11:30~22:30，周日 11:30~22:00

同样位于华西街的台南担仔面，是本话伍郎光顾的店铺，在介绍这家台南担仔面之前，先说说担仔面的历史，因为如果直接介绍这家店，担心大家对担仔面会有先入为主的感觉。担仔面原本应该是这样的。

担仔面，全称应为“度小月担仔面”，台湾南部的经典小吃担仔面，因度小月的广开分店而更加出名。“担仔”是闽南语“挑肩担”的意思，虽是“面”，但由于量少到仅是成人两口的分量，所以只能作为小吃、点心，而非正餐主食。

在这一名字中，“度小月”不特指店名“度小月”，而是指在当年创制此面的时期，人们为了度过 7、8 月无法出海打渔的“小月”，不得不挑担卖面维持生计，故称“度小月担仔面”。1895 年，在台南

伍郎的超值套餐 1800 元新台币 / 位
台南担仔面 、特选生鱼片、法式焗明虾、清蒸北极贝 、蟹黄焗白菜、季节性鲜鱼、香酥鲜虾卷。

水仙宫庙外叫卖肉臊面的洪芋头，将“度小月”书于摊前的灯笼上，从此就有了这间在台湾无人不知的担仔面店铺。

位于华西街的台南担仔面，全称应该叫作“台南担仔面海鲜酒楼”，以其顶级的装潢、一流的料理手法跻身世界餐饮界。剧中富丽堂皇的装饰、精致的餐具，全都是老板在世界各地定制的，餐桌、餐具均来自法国和英国，水晶杯全都来自意大利，就连用餐的银质叉子，也价值上千元。不仅在台湾高雄、台中设店，就连上海也开设了分店，几家店中，也只有华西街创始店还保留着相对质朴的门脸，坐落在其他城市的分店，可都是金碧辉煌，却又不失优雅气质的。

这家店的经营服务，也都是遵从西餐的理念，从烹饪过程到上菜顺序都极其考究，“中餐西吃”的方式，给顾客一种崭新的感觉。为了体现海鲜的原味，这里的海鲜都是用蒸汽压力煮熟，而且每一道菜都坚持不用味精。严选最新鲜的海产，无论海鲜生熟，都不会有腥味。

虽然极尽奢华，但是价格也不至于让人大跌眼镜，像伍郎所吃的一个人的超值套餐，用 1800 元新台币，也可以享受到。虽然换算上人民币不算平价，但是想想自己拿的餐具都贵过这一顿饭了，偶尔奢侈一下，也是可以原谅的嘛。

| 伍郎看法 |

关于游民 关于台南担仔面

问及蜀黍游民的话题，蜀黍说之前也没有接触过，却引出了另一个话题“穷人宴”。蜀黍说起这个的时候，我的第一反应是陈光标在纽约中央公园的那一场声势浩大的穷人宴，却不知道，台湾的热心人士，很早之前，就开始办穷人宴了。

筹办穷人宴的人，叫王正良。每年年底集资，宴请上千个穷人，但是，蜀黍不无遗憾地说，听说今年的资金还是不够，又办不成了。

请一个人吃一顿饭，是容易的。天天请一个人吃饭，就有些困难了，一次请几千人吃饭，更是艰巨，想想著名的“千叟宴”，清朝盛世也不过办过四次，国家出钱才能办，可见这是多么浩大的一项工程。不过只要有人有心，会让人感觉到社会的温暖，这点就很不错了。

说回蜀黍吃的这家店，在台湾的名气着实不小，蜀黍说他以前也来过，都是被宴请的，这里在台湾也是很有口碑的地方，虽然第一次来可能都会被金碧辉煌的外观吓到，不是没见过世面，只是店内的画风和店外的街道严重不符啊。不知道蜀黍第一次来的时候，会不会有走错片场的感觉，好遗憾，没有问他这个问题。

蜀黍说起这家店，称赞着老板在各处的用心，无论从装潢还是料理。他说你能从细节，感受到料理人的用心，比如这些海鲜入口的新鲜度，无论是伍郎还是蜀黍都会点赞。

脚步 /
老台北人的夜市——艋舺

想把艋舺和华西街夜市用一些词来概括，但是很难，因为即使是旅行推荐刊物，也甚少把艋舺夜市拉上台面，如果不是《艋舺》的电影大卖，可能这种“土台北”气质的夜市，很难让人来了之后，再给朋友推荐。但是对我来说，它却是别有风情的，也许“老台北”这种字眼更为合适我心中的艋舺夜市，它是吃穿住行，也是生活。跟拍摄来过艋舺不下五次，每次都偷偷溜号找自己觉得有趣的东西，这些东西都来源于生活。如果你来台北，不来艋舺夜市，那么真的是一种遗憾与错过。

艋舺红豆饼

10元新台币就能吃到的小甜点，奶油味、红豆味、香芋味，一起锅就会被抢购一空。店铺就在龙山寺捷运站出来，艋舺夜市入口的看板下面，说是店铺其实也只是小推车，来去自如，这样小小的生意，小小地做，就像红豆饼入口的感觉，甜甜的小幸福、小营生。

艋舺烤鱿鱼

勘景的时候，当地的制片主任强烈向我推荐这边的烤鱿鱼，并不因为口味，只是因为这边烤鱿鱼的方式，是他们小时候最喜欢的，而艋舺这里，大概是留存着他们儿时记忆最多的地方了。因为好多老的夜市玩具依然没有更新换代，好多十几年前的款式还在贩卖。说回烤鱿鱼，走进艋舺夜市，连着好几家摊子，都是小小的推车上，放着炭烤的架子，架子下面是炭炉，微微泛着红光，上面的鱿鱼满满卷起了须子，老板娘熟练地翻转鱿鱼，香气就这么慢慢飘出来。

艋舺龙都冰果室

创立于1920年的龙都冰果室，是好多攻略热推的店铺，也出现在电影《艋舺》里。店铺的装潢保持着早期冰室的样子，人少的时候坐在这里，感觉分分钟都会有穿着花衬衫的钮承泽走进来。许多当地人从小学开始吃他家的冰，吃到自己的孩子

都上了小学，就带孩子来吃。据说这里挫冰的味道九十多年来都没有变过，应了台湾人最喜欢说的“古早味”。日常的售卖也分了甜汤、冰品和果汁区，木瓜牛奶是创店招牌，还有冬季特有的福圆粥，也是来这里不可错过的部分。

推荐单品：招牌八宝冰 60 元新台币，木瓜牛奶 70 元新台币，福圆粥 45 元新台币
店铺地址：台北市万华区广州街 168 号（近地铁龙山寺站）
联系电话：00886-2-23083223
营业时间：周一至周五 11:30~次日 1:00，周六至周日 11:30~次日 2:00

艋舺两喜号鱿鱼

创立于 1921 年的两喜号，也曾出现在电影《艋舺》里，但是这样的出现，却不是店家做的软植，两喜号在万华夜市有一家老店一家分店，两家店距离不过 200 米，但也就仅此两家而已，因为每天都是高朋满座，所以即使打广告增加了知名度，小店也负荷不了多出来的客人，却不开分店。不开分店，也是部分台湾店家的坚持，比如西门町的鸭肉扁，就是不愿开分店的典型。这种坚持，保证了食物的品质，就像两喜号的老板，每天早上处理食材时，都要给鱿鱼做“三温暖”，在这过程中将鱿鱼条放入冰冻、滚烫的水中，独特的煮法制作出与众不同的风味。

推荐单品：招牌鱿鱼羹 50 元新台币，综合羹 80 元新台币，米粉炒 35 元新台币，现炸牛蒡天妇罗 30 元新台币
店铺地址：台北市万华区西园路一段 196 号/194 号
联系电话：00886-2-23367332
营业时间：10:00~24:00

艋舺夜市猪脚街

猪脚街是我擅自取的名字，它位于梧州街一块，这条不长的小吃街主要供应传统的台式小吃，猪脚、土鸡、炒鳝鱼、卤肉饭等。但是其中最亮眼，竞争也最激烈的便是猪脚档口的生意，在本地吃货制片的带领下，我们寻到了这家价廉物美的老三猪脚。猪脚选用当天宰杀的温体猪，用陈年老卤制作，皮弹肉嫩，一口下去，满嘴的胶原蛋白，叫爱美的女孩根本停不了口。

地址：台北市万华区梧州街47号对面（近广州街口）
电话：00886-960115805/00886-922121313
营业时间：17:30~03:00

艋舺夜市拍卖哥

如果说夜市是台湾独有的文化标志之一，那么拍卖就是我眼中夜市独有的标志之一了。其实每到一个陌生的城市，不外乎吃吃走走、停停看看。在艋舺夜市就有一种特别的声音会让你忍不住停下脚步，坐下来看看，大哥满口是笑话，逗得整个现场气氛就像在开联欢会，人气那叫一个旺。

这是什么呢？这就是夜市拍卖。走过几个夜市，大家的拍品各不相同，有一些卖的是当铺出来的流当品，有一些则像艋舺夜市，把小商品交易包装成了竞技式的拍卖，就算手里只有20元新台币，也能买到拍卖品。

要如何找到拍卖哥的店铺呢？这家店就在一家大超市门口搭了一个小棚子，具体地址，只要你走进艋舺夜市，一定会听到。

伍郎的散步地图
艋舺夜市

拍摄地点：社子岛棒球场

成长的烙印

本话食物
黄平洋铁道便当

故事 /
棒球青春与黄平洋便当

“小心！”女孩奋力投出球后非常后悔，力气不小，准头却没有一点进步，明明想学偶像黄平洋的七彩变化球，却被大家取笑是七彩打人球。

“弟弟，球还给你。”眼前是一个 20 出头的大哥哥，居然徒手接住了球，好帅气，不过帅气也不能不分男女，即使我是穿着棒球服的！女孩这样想着，摘下棒球帽，露出长头发。

帅哥哥向 8 岁的女孩道歉，虽然被认作男生不开心，但是她认可大哥哥的臂力，不是每个男生都能徒手接球的。帅哥哥身边还有一个衰哥哥，本来这样在心里给人定位不礼貌，但是谁让他口不择言。

“女生打棒球？”衰哥哥说这句话的时候还不算衰。

“是的，我要打进世界杯少棒！”女孩脸上的笑容就好像自己已经赢了比赛。

“女生打不了世界杯少棒，你不知道？”衰哥哥本来只是想在事实的基础上开个玩笑，

从左至右：
1.Touch 向伍郎“推销”妈妈。2. 棒球队员们抢便当。3. 看棒球比赛的伍郎也热血沸腾。

谁知道眼前小女孩的表情马上就变了，于是赶紧补救，“没什么大不了的，你可以交一个男朋友带你去！”

听到女生不能打少棒的女孩咬着下嘴唇，眼泪在眼眶里打转。

“算了算了，我把他送我的话送给你啦。”衰哥哥看了一眼帅哥哥，拉着帅哥哥从旁指导，在女孩的本子上写上了“The longest day has an end”。

帅哥哥说：“只要努力不放弃，总有一天女孩不只可以打少棒，还可以打所有比赛。”

已经成为棒球教练的陈嘉容合上本子。“这就是 1993 年，这本梦想留言本的来历啦。我讲完了。”

“后来那个帅哥哥呢？”陈嘉容的女儿 Touch 好奇地问。

“被衰哥哥带走啦，说是没看成黄平洋，要带他去看别的做补偿。”陈嘉容摸摸女儿的脑袋，女儿真的很像自己，尤其是戴上帽子的小男生样。

“快看，志强叔叔在飙车！”

不远处并行的两辆自行车，一辆是送黄平洋便当的志强，一辆是一个陌生男人，但是对于球队的大家来说，只是担心自己的便当会不会得“内伤”而已。

大家都去迎接便当，陈嘉容饶有兴趣地看着，没有注意到陌生男人正走向她。

“我是伍郎的店的伍郎。”自我介绍后，他拿出陈嘉容订的黄平洋签名棒球，看见球员们的衣服上绣着金臂人队，他开玩笑说对手不会是飞刀手队吧，陈嘉容点头，她莞尔一笑，两人回忆起1993年金臂人黄平洋和飞刀手陈义信的世纪大战，棒球的青春记忆，总是相似的。

“小心球！”

伍郎徒手接住了Touch投过来的球，为表歉意，陈嘉容决定请他吃黄平洋便当，不仅因为这是她吃过的便当里最好吃的，这也代表着喜欢过黄平洋和他的棒球的一种情愫。

小Touch觉得能徒手接棒球的男人实在是太适合妈妈了。趁志强叔叔送爱心便当给妈妈表白的时机，和这位伍郎叔叔彼此认识了一下，并强烈推荐了自己的妈妈，还偷偷拉着伍郎一起见证志强叔叔的爱心便当被拒绝的每周固定画面。她还把梦想留言本给伍

左页 / 用自行车飙车的伍郎和志强。
右页从上至下：
1. 伍郎吃黄平洋便当。2.Touch 完成三振。

郎看，伍郎想起了 1993 年死党阿伟陪自己北上看球赛，没有买到票的两人最后在河滨公园听广播，虽然黄平洋输了，阿伟却带自己去看了太平洋。

“不能看黄平洋，就带你来看太平洋。”想起阿伟的话，伍郎嘴角带笑，他觉得这是不爱读书的阿伟说得最有文采、最押韵的一句话了。

比赛的哨声吹响，原来陈嘉容带领的不是一支女子棒球队，而是一支业余且全年龄队伍，伍郎被强行留下观摩比赛。自从黄平洋输了比赛，自从伍郎告别了阿伟，自从他再次回到台湾，他很久不关注棒球了，但是一旦比赛开始，还是让人热血沸腾！

虽然和 Touch 搭档的捕手有些肉脚，但是不妨碍这个要进军国际的小家伙三振对方，比赛在激动的欢呼声中结束。

Touch 偷偷地要了伍郎的名片，被陈嘉容发现了。

“我是这么想的，我肯定能进甲子园的，然后还要进大联盟，你这么不会照顾自己，要不给你找一个能徒手接棒球的帅哥哥，我不放心啊。”

“你是妈妈，还是我是妈妈啊？”

“你是妈妈啊，所以你不年轻了，要抓住机会啊！”

Touch 说自己喜欢那个叔叔，他长得帅，还能徒手接球，他说梦想本上的英文有两个意思呢，一个是只要努力，就能看见阳光，还有一个，是陈嘉容也不知道的。

“再长的旅程也有终点，就像是天下无不散的筵席。”他说他以前和好朋友有过约定，不过 The longest day has an end。小家伙学着伍郎若有所思的样子，陈嘉容哭笑不得。

远处，是伍郎孤独的背影，他哼起《光阴的故事》，只属于那个年代，悼念着青春的歌：流水它带走光阴的故事，改变了一个人，就在那多愁善感而初次，等待的青春……

在地生活 /
你好，台湾棒球！

如果不查资料，不来台湾，对于台湾棒球的了解，可能会止于《KANO》这部由《赛德克·巴莱》《海角七号》的导演魏德圣监制的棒球电影。电影拍得很好很卖座，如果真的要了解台湾棒球，可以从电影开始，但千万不要止于电影，否则你会错过很多。

棒球运动在台湾的初始阶段，是带着浓厚的殖民主义色彩的事件，从《KANO》就可以看出来。本来起源和兴盛于美国的这项多人比赛，在 1873 年传到了日本，后在日本占领台湾的时期，随着日本文化的入侵，被带到了台湾。说个题外话，让人想起了伍郎在第二话中宁夏夜市里吃的可乐饼，也是从国外传到日本，从日本被带到了台湾。仔细观察，你会发现，经历过日据时代的台湾，保留了很多这种生动的“历史遗迹”。

说回棒球，从 1945 年到 1960 年，台湾就有“呷饱看野球”（吃饱看棒球）的说法，棒球从那时起，就是人们日常生活的一部分。因为从“天下嘉农”（电影《KANO》描写的故事）的时期开始，台湾棒球总在不断缔造奇迹。1968 年，“红叶少棒”一支靠石

头和木棒在练习的偏远山区球队，以大比分打败了刚获世界少棒冠军的日本球队和歌山少棒队，掀起棒球热潮，此后台湾青少年棒球拿了无数国际冠军，棒球选手被视为民族英雄。到了 20 世纪 90 年代，台湾有了职棒联赛，王建民、胡金龙，成为新一代的棒球偶像。从英雄到偶像，棒球运动在台湾，也经历了自身的蜕变与进化。

现在的台湾棒球，依旧是台湾生活的日常，很多开放式的业余比赛，不用买票就可以看。类似天母，新庄棒球场的棒球联赛，也可以网络订票，或者到 711、全家等便利店买票，虽然一般的棒球场都有正规的售票处，但是网络时代的到来，让售票处看上去反而有些怀旧了。

内行看门道，外行看热闹，台湾棒球赛的热闹永远看不够，热烈的开场舞，两方球迷摇旗呐喊的呼声，还有中场吉祥物带着全场观众的舞蹈，时不时球赛中还会有有奖问答，不一定要你回答，镜头给到你，你的脸就会出现在场内最大的看板上，恭喜你，中奖了。走进赛场，懂不懂规矩都好，你都不是外人。而且你还会发现，台湾球迷分布的年龄层很广，几岁的孩子到几十岁的阿姨，都是球迷，让我印象最深刻的是公寓楼下卖早餐的阿姨，每天去吃早餐的时候，给我做完早餐，立刻坐回位子上看当日的体育新闻，每次的头版头条都是全幅的棒球选手掠影。

在地生活／台湾的棒球产业

野球魂棒垒专卖店
地址：台北市大安区新生南路三段 56 巷 10 号 1 楼
电话：00886-2-23642821

台湾棒球养活了多少人，我一个外人怎么会清楚。但是我们可以聊聊台湾的棒球衍生业。

当然，并不包括职棒赌盘，尽管抛开体育精神来说，这应该算是体育类项目最大的灰色衍生业了，仅 2009 年，就曝出一年赌盘赌资高达 300 亿元新台币的新闻。

说些健康的、人见人爱的球队周边。台湾“中华职业棒球联盟”的四支创始球队“统一狮”、“兄弟象”（易主更名）、“味全龙”（解散）、“三商虎”（解散），就是由隶属企业加上动物来命名的，是不是非常可爱呢。虽然现在创始球队纷纷解散，但集团公司经营的球队，大多延续了

集团公司名在前、动物名在后的队名组合方式。每次两队比赛，赛场内都会有各自队伍的周边贩售，上次我们看的“统一狮”主场赛，就买了不少带有橙绿（本队象征色）、狮子元素的周边。帽子、应援服是最基础的，还有小挂饰、小靠枕都是不错的小物件。

除了球队的周边，名球员的签名球，在好多贩售棒球用品的店铺也会有贩售，这些棒球用品店铺多数会在球场附近，偶尔也会隐藏在日常的商铺之间，我们走访的这家“野球魂”，就在台大附近，里面挂满了棒球服，整齐地排列着各色的棒球手套、棒球棍、棒球护具、棒球帽，还有从平价到高价的棒球，琳琅满目，绝对让你挑花了眼。

说完小件，再说大件的棒球打击练习场，早期的练习场多以铁皮搭建，现存较少，现在市内能找到的练习场，场内除既有的机械手臂球道外，还设有模拟投手画面球道、九宫格投准机、垒球打击球道等多元化棒球相关训练设备，即使对棒球一知半解，只要有兴趣，也可以去试试赛场的感觉。

最后推荐一些台北的棒球场，如果来台北看棒球，不妨去走走。

伍郎的散步地图
台北棒球场

| 伍郎看法 |

青春，写满诗的棒球手套

说起青春时代的记忆，蜀黍说起来也是有趣、荒唐、充满诗意的。

少年时代的蜀黍，不爱运动爱看书，是个行为端正的好学生，但是行为端正不包括勤写作业，因为他说要是交不上作业的时候，同学们都会帮他。想想无论在哪个时代，同学爱在少年时代的体现，基本就在作业本、考试卷之上了，对了，还有点名。

那个时候流行长领子的衬衫，越长越好，学校禁止助长歪风邪气，他们就把领子窝进去，等老师不在就放长，蜀黍说自己的领子恰到好处，不太夸张，但是也不在流行之外。还有喇叭裤，学校也会禁止，于是他们的喇叭裤做得很“讲究”，介于喇叭和非喇叭之间，屁股上还必须缝上两块补丁，说起来现在也没想明白当时为什么一定要缝两块补丁。我说我们小时候的补丁已经打在膝盖上了，可以理解为跪得容易，蜀黍他们应该是坐得舒坦。

聊起棒球，在别人打棒球的年代，蜀黍的心思也全在书上，对于棒球的情愫，萌生于《麦田里的守望者》，那只用绿色墨水写满诗的棒球手套，让他常常请哥哥去借别人的手套（因为那个年代棒球手套价格不菲，拥有棒球手套，是非常让人羡慕的事），玩两人的投捕游戏。棒球，是他和哥哥珍贵的回忆。

脚步 /
我们的便当情结

说来说去还是吃，关于便当的碎碎念。

便当在大陆叫作盒饭，在香港叫作饭盒。顾名思义，很好理解。而台湾便当之所以叫便当，是源于日语的“弁当”。然而将日语词汇追根溯源，却又回到南宋时期描述“方便的东西，顺利”的词汇“便当”，现在南方的一些方言中，仍用“便当”一词，用于描述方便。

很多爱好火车旅行的人，都有便当情结。慢车行进的年代里，包装简易、餐食略简朴的便当，陪伴南来北往的旅客度过苦涩漫长的旅程。台湾铁道便当由日据年代起，随着列车的进化和速度的提升，成了几代人的集体回忆。在经济不发达、食物供给单调的年代，铁道便当是奢华的，而在美食如此丰富的现时，铁道便当就成了乡愁。

对于大陆的盒饭，很多做电视的人，都有类似的回忆，一次性塑料盒加上常有的菜式，不酸不辣的酸辣土豆丝，找不到肉的木须肉，当然比起菜色，盒饭的温度更为重要，因为盒饭一冷，塑料盒的里面就会充满已经变成小水珠的水汽，米饭也会变得干硬。说到这里，不要误解电视台，

其实电视台内食堂的伙食是很不错的，但是一旦租用外头的录影棚，待遇就如上所述了。

所以当到台北的剧组开会，吃到便当的时候，尤其是冷便当还是那么好吃的时候，我的心情是激动的……后来也说出如果拍剧期间一直吃便当也肯定吃不腻的话，不过我并没有履行诺言跟着全程拍摄，所以两个多月一直吃台湾便当是不是不会腻就无从考证了，也许可以问问我们的制片人、监制，还有全程拍摄的王小胖摄像师。大抵连续吃一种东西两个月，终究是要腻的。

突然有点怀念起我的录影盒饭，以后有机会应该还会想吃吃看吧。它已经成为我成长中的一部分了。就如同台湾便当，从火车便当到早期被叫作包饭的便当，它已经成为台湾人的一种日常，那接下来就让我推荐几款来台湾，不可错过的便当吧！

台铁便当

台湾铁路便当的风潮兴起于 20 世纪 90 年代，最早的便当以排骨为主，用铁盒装着，盒盖上是台铁的“工”字形标示，装有一块炸排骨或者卤鸡腿、半个卤蛋、一片香肠、一点咸菜，直至今日的铁路便当，虽然菜品丰富了起来，但是最让人怀念的还是这样的配搭。

今年台铁便当更与日本、韩国、印度等国家的业者合作，在 7 月推出“国际铁道便当节”，日本铁道便当主打冷食海鲜拼盘，韩国是现炒现做，印度则以咖喱抓饼为主，如果 7 月来台湾，一定不要错过品尝七国铁道便当的盛事。

店铺地址：在松山、台北、板桥、台中、新左营、高雄、桃园、新竹、嘉义、南沙仑等台铁火车站都有专门的售卖窗口

便当均价：60~100 元新台币

台北黄平洋铁道便当

黄平洋铁道便当由前任棒球国手黄平洋开办，自 2003 年起，就是天母棒球场外棒球队员和球迷们最爱的美食。店面朴素，几乎也看不到与黄平洋与棒球有关的摆设，像一间普通的邻家小吃店，往来的食客也多为在周边生活和工作的阿伯或上班族。用圆形铝制饭盒盛装的便当，很有慢时光的韵味，无论排骨饭还是鸡腿饭，都配以卤蛋、卤豆干、卤海带和新鲜时蔬，分量足，味道夯实。原本以外带外食为起源的铁道便当，现在也在堂食饮菜中占有一席之地，也许还是应当归功于人们对于过去年代和味道的眷恋之情。

推荐单品：怀旧卤鸡腿饭、铁道排骨饭、铁道烧肉饭等。

总店地址：台北市士林区士东路 91 巷 5 号

联系电话：00886-2-28270802

营业时间：午餐 11:00~14:30，晚餐 17:00~20:30

便当均价：70 元新台币

金瓜石的矿工便当

贩售矿工便当的金瓜石，早年是台湾的

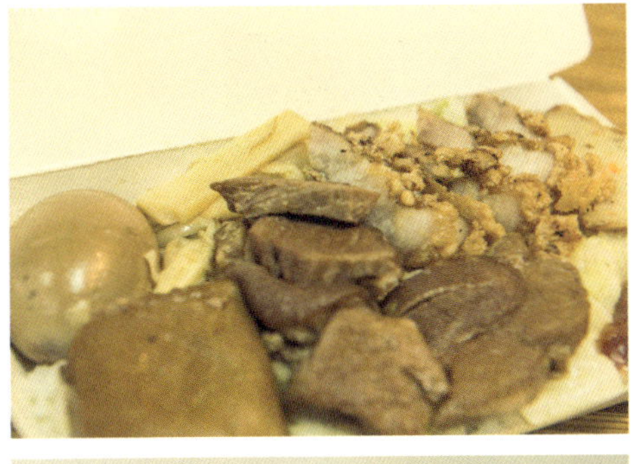

金矿所在，现在成了黄金博物馆，保存着世界上最大的金块。想要品尝矿工便当，就要到著名的矿工食堂来了，矿工便当比起其他便当菜品只有大排和萝卜咸菜，但是它的味道一点不输菜品丰富的便当，更有纪念意义的是吃完便当，你可以带走装便当的不锈钢饭盒以及使用的筷子和印花包布。

店铺地址：新北市瑞芳区金光路金瓜石 8 号
联系电话：00886-2-24962898
营业时间：周一至周五 09:30~17:00，周六至周日 09:30~18:00
便当均价：290 元新台币

福隆火车月台便当

新北市贡寮区的福隆便当，是台湾省农委会给当地认证的名产，而且有专职的便当阿姨在列车过站时在月台喊着“便当，便当”贩售刚做好的便当，路过福隆站如果不买一个经济实惠的福隆便当，不算来过这里。不过如果时间充裕，更应该带着便当走到福隆海边，边欣赏海景边吃便当，运气好的，还能听免费的演唱会，看免费的沙雕艺术季呢！

店铺地址：福隆火车站站台外有多家，乡野、宜隆、发记、福新较为有名。
便当均价：60~100 元新台币
免费福利：
“福隆国际沙雕艺术季”举办时间：
每年 5 月 3 日 – 6 月 30 日
“贡寮国际海洋音乐祭”举办时间：每年 7 月

台东池上便当

池上便当是台东市池上乡的特产，早年间由于用月桃叶包着饭团，也被称作池上饭包。池上便当的一大特点就是产于本

地的池上米，种植在海岸山脉，海拔 300 米的有机土里，日据时代是用来进贡天皇的御用米，现在有着池上米的池上便当，则是来到台湾不可不吃的古早味。

店铺地址：台东县池上乡忠孝路 259 号
联系电话：00886-89-862326
营业时间：08:00~21:00
便当均价：70 元新台币

嘉义奋起湖便当

奋起湖不是湖，因其三面环山，中间低平，形如畚箕，云雾环拥如湖，故旧称畚箕湖，后改为奋起湖。阿里山森林铁路建成后，奋起湖车站是最大的中继站，造就了奋起湖独特的火车便当文化，当地甚至流传着一句俗话：“没吃过奋起湖便当，仿佛没到过阿里山。”

推荐店铺：阿良铁支路便当
店铺地址：嘉义县竹崎乡中和村奋起湖 117-1 号
电话：00886-5-2561809、00886-5-2561609
营业时间：09:00~19:30，全年无休
便当均价：100~250 元新台币

伍郎的散步地图
台湾便当遍地有

基隆市

矿工便当

暖暖区

汐止区

双溪区

福隆便当

福隆便当

石碇区

拍摄地点：四四南村 / 南村小吃

第十话

不老情

本话食物

现切卤味

蒸螃蟹

凉拌黄瓜

四宝汤

炒面

狮子头

故事 / 心念故土 活在当下

“姐儿头上戴着杜鹃花呀，迎着风儿随浪逐彩霞。船儿摇过春水不说话呀，水乡温柔何处是我家……”四四南村的里长办公室里传出阵阵歌声，两个洪亮的声音下，还有伍郎混入的“杂音”。本以为找到了里长（相当于大陆的居委会主任）想要的音箱，只要货到付款就好，没想到里长还要带上自己高歌一曲，伍郎觉得这次生意，做得不易。

告别里长，伍郎面前的年轻人们正挥汗如雨，打着篮球。伍郎模仿着投篮的动作，却发现自己的身体不及以前。这个年龄，和年轻人谈理想太老，和老人家聊晚年太早，果然还是食物最能治愈他。想着这些，天却下起雨来。

为了躲雨，伍郎碰巧走进了有名的“南村小吃”，本想大吃一顿，却遭到了老板娘的拒绝，因为来得不是时候，小店尚未开始营业。还好有一桌眷村老人说“下雨天留人”，老板娘无奈只好答应下来。伍郎终于能在这个非营业时段吃上一顿眷村小吃，炒面、凉拌黄瓜、四宝汤、蒸螃蟹，菜品都是些平实的名字，让人觉得家常、温馨，虽然不是眷

从左至右：1. 伍郎在南村小吃里挑选卤味。2. 宋小薇送来狮子头，老人们避之不及。3. 没有了老人，恢复日常的南村小吃。

村长大，但是眷村菜和眷村生活应该就是这种感觉吧。

等待食物的时间，伍郎认识了一票可爱的眷村老人和他们的孙女。老人们都以绰号相称，让伍郎这个吃货觉得尤为可爱。狮子头，以前是四四兵工厂的老厂工，80多岁了，最爱吃家乡扬州的狮子头，最爱挂在嘴边的就是以前自己做的烟火，说是要比现在101的跨年冷烟火热闹得多。馒头是山东大汉，退役的空军，喜欢炫耀以前当空军的威风史，虽然也80多岁，但是不服老，总喜欢和以前的情报员苞芦馃斗嘴，虽然老人们谁也不服谁，但是他们的孙女宋小薇一出现，老人们立刻判若两人，刚刚生龙活虎的样子完全不见了，一个个不是腰酸腿疼就是喉咙不行，完全成了老弱病残的样子，他们可不是为了在孙女面前博同情，而是为了不吃小薇做的“地狱狮子头”。

伍郎看着老人的转变觉得有趣，偷偷一笑就被老人们集体“陷害”了，说是“伍郎先生特别想尝尝小薇做的狮子头”，小薇自信满满地把狮子头送到伍郎面前，两人推让间，

狮子头的汤汁洒到了伍郎身上，无奈之下，伍郎换上了小薇送来的篮球背心。老人们说伍郎这样特别像他们的一个鬼点子很多的朋友，众人对伍郎的态度也似乎发生了微妙的变化，他们开始聊起海峡那头的家乡，聊起自己曾经以为回不去的故土，苞芦粿生于浙江淳安，他说那里是水乡，他们县城门口有两个石狮子，他回去要找石狮子的时候，那里已经变成了一弯湖水……

小薇为了缓解气氛，拿出了老人们的“骨灰盒”，里面放着死去的老人们的心愿，这是篮球背心的主人，也是已经去世的小薇爷爷的鬼主意，活着的老人们，要替死去的老人完成心愿，无论心愿多不靠谱。老人们回忆起大家一起舞龙，一起骑重机，一起做了好多这个年纪做不了的事情……

众人谈笑间，里长也来了南村小吃，他刚刚办完一位叫大熊的老人和对岸的妻子合葬的事宜，也带来了大熊的心愿，投进骨灰盒，大家虽然看着骨灰盒，有一阵小沉默，但小薇一提起里面是什么心愿，大家又开始好奇，吐槽，甚至说起自己以后要是离开了，留个什么心愿来恶整其他人……

从左至右：
1. 换上宋江球衣的伍郎。2. 老人们舞龙，完成骨灰盒里的心愿。3. 伍郎享用眷村菜。

伍郎在冷清的细雨和老人的热闹中，享用了眷村小菜，没有华丽的摆盘，就是踏踏实实的味道，从对岸带过来，留在这里几十年的味道。

恰逢跨年夜，101 的冷烟火绽放，伍郎看着眼前的绚烂，想起老人引以为傲的烟火，那种热闹，很难再有了。但是，冷烟火，更适合眼前这个叫作伍郎的人吧。

PS：最后这场烟花的戏，是我和另一个编剧叔芳老师最喜欢的一段，但是拍完这场戏之后，我曾经想狗尾续貂地加上一场，让小伍郎的演员，拿着点燃的仙女棒，递给伍郎的戏，不为别的，只是觉得，一个人看烟花的伍郎，不仅孤独，还多了寂寞，伍郎不该寂寞，孤独是一个人的事，寂寞更像是两个人的。转念一想，也许食物才是良药，也许不应该给伍郎仙女棒，应该给伍郎一根麦芽糖，那么，灿烂的冷烟花下，伍郎也有灿烂的笑容。

在地生活 / 眷村往事 并不如烟

台北曾经有很多眷村，是外省居民几代人都生活其间的固定居所。从 1949 年到 20 世纪 60 年代，台湾各地为安排迁台士兵和家属，建起了很多村落。流离失所，远离乡土的人们，挣扎着再造出一个家、一个家园、一个新的故乡。

四四南村位于台北 101 附近，站在村中小广场，看周围高楼大厦，时空的错位感特别强烈。该村建于 1948 年，因早期村民全为四十四兵工厂的厂工，又位于四四工厂的南边，故得名“四四南村”。具体位置位于现在的信义路五段、基隆路二段、松平路和庄敬路一带。大部分房舍在城市改建时业已拆除，只留下一部分作为信义公民会馆以及好丘店铺使用。

走在空荡荡的狭小过道中，只有恣意蔓延的野花野草与当年相同吧。粉刷一新的门窗再不复当年的生活气息，过往历史只留存于展览中的陈列品和老照片之中。整个四四南村连同已经消失的很多眷村一样，也许只是一个符号、一个历史名词了。在特殊时空

背景里的聚落文化，是很多台北人的共同回忆，而空房舍固执地成了这些回忆的博物馆，没有过多的讲解，没有更深刻的探究，来到这里的人们更多的是以游逛心态走进来、走出去。更多的游客也许会停留在近在眼前的台北 101，但还是推荐大家有时间的话来四四南村看看，也许能对那一段历史有新的感触，也能从当时混杂的饮食习惯和生活细节等多个层次理解现在的台北、台湾。

今天的四四南村是个轻休闲生活的聚集地，超高人气、一座难求的好丘商店和好丘餐厅里，专门售卖各种自主产品和特色贝果、餐食。如果你想吃眷村菜，可以尝尝用复古饭盒盛装的喷香卤味拼盘。这些让历史活起来的餐食，因加入了年轻的想法和热度，用专业的做法、敏锐判断力和坚决的执行力，加之内在有对过往父辈经历的深厚感情和理解，就在传承中多了巧思。

这一节的最后特别奉上悬于好丘商店中的两段字：“我们是一群不流于时代的人，拼命留下旧的努力创造新的”，“因二手书里的前人随笔感动，为新事物中的簇新思想折服”。如同在信义会馆看到那些眷村老人的留言时，心情瞬间被击败一样，遇见好店铺和好样的年轻人时，心里也是软哒哒的。

四四南村地址：台北市信义区松勤街 50 号
信义公民会馆免费开放时间：
周二至周日 9：00~16：00 、周一公休
好丘营业时间：
周二至周五 11:00~21:30，周六日 10:00~18:30

在地美食/
南村小吃 榕树下的小凯悦

店铺地址：台北市信义区庄敬路423巷8弄14号
联系电话：00886-2-27207388
营业时间：11:00~14:30，17:00~10:30，周日公休

和好丘的“洋气”相比，南村小吃带着眷村的“土气”，用的都是早晨传统市场就能买到的简单食材，菜品的名称也从不花哨，平实的做法，做出的是眷村的老味道。

老饕们口中的南村小吃，是著名的“小凯悦”，当初南村小吃还是搭在老榕树下的大棚子，不过凭借着平价的好滋味，以及靠近著名的凯悦大饭店的地理位置得了个“小凯悦”的别称。但是喜欢这里的客人，多半是贪恋那股老眷村的味道，尤其是附近眷村改建的国宅里，眷村的几代人，在回不去的日子里，都只能从食物里感受，传承家乡的味道。

伍郎的特选餐单

下面推荐一个伍郎餐单，也是来南村小吃的老饕们最爱的几道菜。

凉拌黄瓜 /70 元新台币

老饕必点的小清新开胃菜，脆黄瓜用刀背拍后再切，淋上芝麻酱、蒜泥、白醋凉拌，兼具脆、香、酸、呛的多重口感。

南村炒面 （小 / 大）/65/85 元新台币

被饕客奉为“南村一绝”，手工粗面兼具刀削面的厚实和拉面的弹牙口感，配以蔬菜、猪肉丝、蛋大火拌炒，嚼劲十足，酱香满口。

四宝汤（小 / 大）/65/85 元新台币

青菜、豆腐、番茄、蛋花，最普通的食材，组合出清爽、甜淡的口味，配合炒面食用，口感更佳，堪称平价版的珍珠翡翠白玉汤。

南村卤味 / 称重计价

CP 值超高的卤味，也是食客来此必点的一项。采用自助售卖方式，按重量计价。猪头肉、牛肉、牛筋、海带、豆干都是推荐之选。要是爱吃辣味的，还可向老板要特制的“魔鬼辣椒”佐餐，不过辣椒非常辣，加料须谨慎哦！

清蒸螃蟹 / 称重计价

按两计价，据说当年还是榕树下小摊的南村小吃，也有不少开着宾士的贵客们为了这里的蒸螃蟹，即使店铺下雨漏水，不惜打着伞也要来吃。私以为这螃蟹最大的亮点在它的新鲜度，因为即使时值冬季，来这里也能吃到肉质鲜嫩的大螃蟹。

| 伍郎看法 |

眷村，我和我的年幼时光

眷村，在我们的眼中只是一段过去、一段历史。而对生活于眷村的蜀黍来说，那便是儿时的生活。蜀黍说虽然很小就离开了眷村，但是那段生活至今回忆起来，都非常清晰。

开始的时候，一直想问清楚蜀黍究竟住在哪个眷村，可以按图索骥。蜀黍说在高雄，那边有一个当时有名的糖厂，至于眷村的名字，蜀黍不记得了，但是成年后和同学一起回去过，凭着记忆找到了眷村。十几年过去，眷村门口坐着休息的老婆婆居然一眼就认出了“小黑”。

眷村也不都是竹篱笆，根据军阶军种不同所得到的安排也不一样，蜀黍家住的是日式的和室，门前还带着小院子，他记得妈妈打理出来的小院子，花花草草，无不透露出这个叫作母亲的女人的心灵手巧。眷村也是大家庭，串门子到别人家吃饭都是常事，不过蜀黍说妈妈烧的菜特别好吃，所以自己舍不得去别人家做客，尤记得八宝鸭，那是对他来说最好吃的眷村菜。

说起眷村的规矩，蜀黍说了一个小故事，非常可爱。在他小时候，家里的庭院里种了一棵石榴树，每年大家都盼着石榴结果，那年石榴刚长出果实，第二天就不见了，变成了整个眷村的头号大事，家家的孩子都被列为嫌疑犯，被父母打了屁股，最后究竟是谁偷的也没查出来，成了当年眷村里的第一悬案。童年的一件小事，让蜀黍的脸上乐开了花。

1989 年，蜀黍第一次回到山东老家，他说第一次看见母亲心心念念地说了几十年的老家，眼前的路，路边的一草一木都和自己想象的一模一样，眼泪几乎要夺眶而出，这就是故乡。只是在蜀黍要哭出来的时候，和他一起的老家亲人告诉他，你妈描述的不是面前这条路，是隔壁不远处的那一条，蜀黍立刻止住了眼泪。蜀黍实在是太萌了！

就像剧中老人馒头悄悄拿出来吃的山东烟台大苹果，蜀黍的老家山东莱阳的莱阳梨，也是蜀黍钟爱的水果。蜀黍说过，他是个不挑食的人，如果有特别钟爱的食物，大抵便是带着那一份家乡情愫了。

脚步 /
绕 101 疾走 1 公里

台北 101 大厦是台湾地标，如果环绕 101 疾走一圈，又能看到什么呢？

台北 101 大厦

来台湾，不上 101 走一遭，无论是对喜欢到此一游的人，还是喜欢拍风景的小清新，都是一种错过。它拥有世界最高速的电梯，从 5 楼到 89 楼的室内观景台只需要 37 秒，也就是 37 秒后，你就可以俯瞰全台北，360 度无死角的景致堪比好莱坞大片！虽然值得吐槽的是，因为游人甚多，下楼的电梯可能也要排上 1 个小时，可是值吗？真值！

地址：台北市信义区信义路五段 7 号
电话：00886-2-81017777
营业时间：
购物中心：周日至周四 11:00~21:30，周五至周六 11:00~22:00
观景台：周一至周日 9:00~22:00，21:15 为最后购票入场时间

诚品信义店

诚品书店是有名的 24 小时书店，但其实只有敦化南路总店才是 24 小时的。因为第一次来台北时发生过这样的误会，所以在此提醒各位同好，101 附近的这一

家诚品旗舰店，和其他诚品一样，采用复合式经营，因为店大，品类会更加丰富。书店、画廊、花店、商场，还有餐饮，一应俱全。选好要的书，如果没带够钱，也可寄存在柜台，过几日再来付款，满3000元新台币还可以退税，不过，记得带上证件哦！

地址：台北市信义区松高路11号
电话：00886-2-87893388
营业时间：
书店（2、3楼图书区域）：
周一至周五10:00~24:00，周六至周日及台湾节假日10:00~次日2:00
商场：周一至周五11:00~22:00，周六至周日及台湾节假日11:00~23:00

市政府大楼前市民广场

大多数来台湾的人，应该和我一样，对行政大楼提不起太多兴趣，之所以介绍台北的市政府大楼，是因为每年跨年，大楼门前广场都会举办一场免费的跨年演唱会。2014年末，我们就是没有早一点确定位置，错过了上半场的演出，最后只听到萧敬腾的压轴表演而已，所以来台北跨年，一定事先锁定市政府大楼前的市民广场！

地址：台北市信义区市府路

市政府大楼内探索馆

台湾的行政机构部分会提供免费开放参观的服务，“台湾探索馆”的前身就是“市政资料馆”，它位于市政府大楼内部，通过影片、实物模型和文字介绍全面展示台北的人文、社会、历史风貌。如果带着孩子来旅行，不妨先到这里看看台湾历史，再登顶101俯瞰台湾，必定会有不同的感受。

地址：台北市信义区市府路1号
开放时间：周二至周日9:00~17:00

临江街观光夜市

临江街夜市，又称通化街夜市，夜市范围约300米，相比其他夜市人与人摩肩接踵，这里的中心路段要宽阔得多，很有台北小生活小情调。来这里一定要记得去吃红花大香肠、胡记米粉汤、石家割包、六脚花生糖、爱玉之梦游仙草！如果你是个爱小动物的人，夜市门口的一条街，就是连排的宠物店，有兴趣的话也可以去和台湾的小萌宠打个招呼！

地址：台北市大安区临江街
营业时间：18:00~00:00

象山

象山与附近的虎、豹、狮山并成为四兽山，因为形似大象而得名。这里是观看、拍摄101的绝佳景点，我们也是因为拍摄正片中伍郎最后看到的烟花而在这里蹲过点。山不是很高，20~30分钟可以登顶，平时去最好挑在下午5~6点，可以饱览落日余晖，晚一些，还能坐拥101最美的夜色，真的是美不胜收。

地址：台北市信义区（台北盆地东南丘陵）

伍郎的散步地图
101 周边

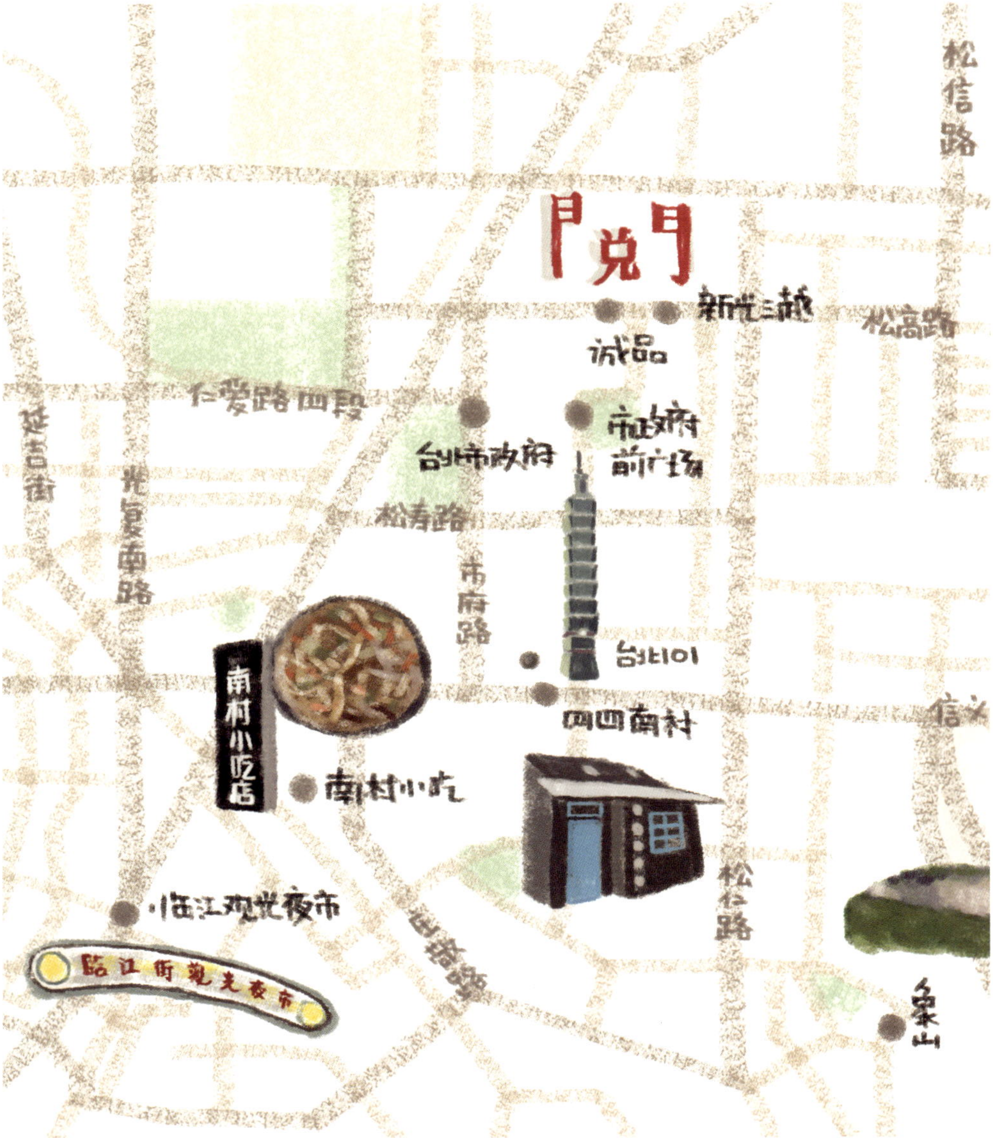

第十一话

番茄遇咖啡

本话食物

煎鲑鱼咖啡套餐／

煎鲑鱼搭配米饭

腌渍小菜

咖啡冻

土凤梨酥

拍摄地点：云林县古坑咖啡巴登咖啡店 / 荷包山咖啡园

故事 /
番茄遇咖啡

“我张莱恩，终有一天要恢复台湾咖啡的辉煌！”张莱恩本是个性格腼腆的人，要不是自家的咖啡山，不怕被人听到，才不敢这么大声说出自己的心愿，不过说出来，实在是畅快多了。

“好，我支持你！”身后的树荫下站起来一个男人。

“这是私人地方，请你离开！”张莱恩感觉前所未有的尴尬。

“请你吃一个大番茄包小番茄，抵你这里的入场券好了。”树下的男人走到张莱恩身边，递给他一个自制的奇怪食物。后来听男人说，他是看见山下的推车摊档上，写了“人生无常，大肠包小肠”觉得好玩，就自己创造了一下，本来打算自己独享的，看见同样有梦想的人，就跟他分享了。

男人是个旅行画家，这天还为张莱恩画了一幅画，画上是郁郁葱葱的咖啡山，咖啡山中有一座白色的小房子，因为白色能调出任何颜色，充满了可能性。从这天开始，他

从左至右：
1. 伍郎来到云林古坑咖啡的发源地。2. 画家继续在“变画”上做变化。3. 伍郎错选了画家的专座来坐。

们互相称呼为画家和老板，算是对彼此将来的肯定。

“老板，你要种多少咖啡树？你种多少，我现在就画多少！”画家看着眼前只有几棵幼树的咖啡山，却对老板充满信心，“你开的店要叫什么名字？”

“巴登咖啡，像巴西咖啡一样，登峰造极！”

一年后，白色的房子从画布到了地母庙前，欧式风格的白色洋楼，取名“巴登咖啡”。和周围乡野气息的画风严重不符的咖啡馆，被大家视为了奇怪的异类，虽然门庭冷落，但老板依然迎来了他的第一位客人。画家坐在第一张桌子上，作为第一位客人，喝了第一杯咖啡。老板要请客，画家却不愿意。

“没见过这么不迷信的生意人，第一笔生意，必须收钱。”

“你不是也没钱吗？”

“这样，我再给你画一张画，反正我画的都成真了，这次让你客似云来。”画家提

笔作画，老板细心装了一袋自己种的咖啡豆，送给画家。两人告别，却没有约定再见的时间。

后来生意越来越好，老板把画家的画装上画框，一幅咖啡山中的白房子，一幅坐满客人的巴登咖啡，老板开始期待第三幅画的到来，会是什么呢？

和往常一样的季节，画家来了，但是一脸沮丧，原来他开了画展，准备了厚厚的签名本，却没有人来签到。

“没人签到，你不是没朋友吧！”

“是啊，我没朋友，就你一个了，你还不安慰我。”画家属于顺杆儿爬的类型，以至于后来老板想起来，总觉得从认识开始，就总掉进画家的套。热爱番茄的画家让老板品尝了自己用巴登咖啡创造的番茄咖啡，喝得老板都要哭了，当然是因为难喝。又让老板在咖啡山上辟出一块地，给他种上了小番茄。占完便宜之后，画家终于和老板有了同一个想法，开一个咖啡香的油画展，就在每年画家来的时候。

“这一次的画呢？”

“你都这么有钱了，咖啡店老板，还要穷画家的咖啡钱啊！”

“你说的开店不能不收钱，不吉利。”

左页 / 伍郎离开巴登咖啡。
右页从上至下：
1. 他错把门口摆画架的老板认成了画家。2. 老板采摘咖啡。3. 老板和画家的一次相遇。

“那这一次画一张特别的。”

然后，这一张画，画了三十年。

画家游历各国，老板的店铺也开遍了台湾。只是老板依然守着荷包山下的这家创始店，画家走得再远，每年还是会回来。

老板把画交给伍郎，画上蒙着布，让人更想知道里面的内容。老板说这张画，叫作“变画”。不过要等画家来了，才能打开。他说每年的咖啡香油画展，这张画都是主打，虽然并没有太多人懂得欣赏。至于需要搭配这张画的画框要求，等画家来了，听画家的。

伍郎也打算尝尝台湾咖啡的美味，刚坐下来，就被老板请了起来，原来自己占了画家常坐的位子，原来这是第一张桌子，第一张椅子的专属座位。伍郎用餐时，老板依旧忙里忙外，只是有一刻，老板好像变得有点不一样，他安静地煮咖啡，脸上仿佛挂着笑，他把两杯咖啡端到第一张桌子上，伍郎问他画家是否要来了，老板说“有香客自来”。阳光洒在老板的肩上，远处一个剪影，背着画架，缓缓走近。

揭开变画，上面是两杯咖啡，一如现在桌上放着的两杯，画家从兜里掏出新鲜的小番茄，画在了画上。

“你又上我的园子偷番茄。”

“我这不是来以画抵钱了吗？”

“现在我的咖啡涨价了，可算是台湾之光了！”

“那你要等我挂了。你知道的，画家嘛……”

变画便是变化，不变的是，两个人每年的约定。

伍郎看着两人斗嘴，也想起自己和阿伟。走在地母庙前，大肠包小肠的摊位上写着“人生无常，大肠包小肠”，人生无常，能守着一个约定是多么珍贵的事。

在地生活 / 到台湾喝咖啡

不来台湾，可能很难想象这个小清新的城市里，从早到晚都会弥漫着咖啡香。

咖啡香中总飘着故事，摩卡咖啡的名字取自当时世界上最繁华的港口，华尔街金融区的纽约股票交易所和纽约银行都始于咖啡屋，波士顿倾茶案就是在一家名为绿龙的咖啡屋里策划的，而中国咖啡故事，最早要从台湾说起。

早在日据时代，台湾便有“远东第一大咖啡工厂”之称，咖啡的种植面积达到113公顷，当时在台南北部、阿里山、南投、云林一代满山都是咖啡树。这当中上等咖啡都运到日本，或者外销，大部分台湾人并没有养成喝咖啡的习惯。日本投降后，为求温饱，农民们将咖啡山重新种植粮食，也有一些类似剧中的荷包山，就此荒废。还好一批从小看父辈种咖啡，吃着咖啡冻长大的孩子，不愿忘记台湾咖啡的味道。2000年，台湾咖啡再次开始发光发热，阿里山的玛翡咖啡、古坑的阿拉比卡咖啡再次蜚声海外。

如今台湾的街头巷陌，从早到晚，都有咖啡供应，毫不夸张地说，部分台湾人饮咖啡如饮水（有点夸张，但剧组的几个大拿真是这样）。不去咖啡馆，就是便利店，也有不下十种口味的咖啡可供选择，单品咖啡如蓝山、摩卡、曼特宁，花式咖啡如拿铁、焦糖玛奇朵、卡布奇诺，应有尽有。便利店的咖啡还常常做第二件半价的活动，拿着一杯，还有一杯带不走可以寄存，第二天依然是从货架上拿下来的新品，是不是很实惠呢？到台湾喝杯咖啡吧！

在地美食/白色洋楼里的台湾咖啡

云林县古坑乡建德寺门前的小广场上，有一座与当地风土人情颇不合谐的白色西洋小楼，这就是巴登咖啡的创始店。很难想象在这样一个远离城市的山里小地方，这样一家洋范儿的咖啡馆已经生存三十年。

坐下来点一杯不常喝到的台湾咖啡，也惊喜地发现这温和微酸、果香清淡的味道与进口咖啡豆相比，似乎更加适合国人口味。但是在20世纪80年代，巴登咖啡所处的荷包山咖啡庄园却几乎荒废。一位咖啡种植者的儿子张莱恩，不甘父亲种植的整个咖啡山的咖啡树走入枯竭，在自家建了三层白色小楼，开办了一家家庭式经营的咖啡馆。

创始之初，如行在沙漠中，本地人不懂如何喝咖啡，对这样一家开在庙门对面的白色洋楼，抱着冷眼打量的心态。守在咖啡馆里的张莱恩，只好自己研习冲调咖啡的技术，每天自己喝的咖啡比卖的多。但如此坚持数年下来，慢慢有本地客人走进咖啡馆，愿意听店主不厌其烦地讲授咖啡知识，也就开始接受了这微苦甘醇的咖啡香。很多客人都闻香而来，带着朋友和家人，让咖啡馆慢慢养出了平民生活的聚合感。许多年轻的客人后来成了巴登咖啡的店员、店长，恋人们在这里约会，而后结婚生子，再带着自己的小朋友一起来。

三十年后，巴登咖啡在全台已有十多家分店，外观设计也形式各异，但是总店的这栋白色小洋楼，经岁月磨砺，依然散发着迷人淡香。

创始店地址：云林县古坑乡荷包村小坑 5-2 号
电话：00886-5-5264905
营业时间：08:30~23:00

伍郎的特选餐单

煎鲑鱼咖啡套餐

蒜香煎鲑鱼套餐

前菜是水蜜桃鸭胸肉，精心腌制过的鸭肉，口感细腻，肉质滑嫩，配一碗白萝卜肉丸汤，清新爽口的味道与弹牙有咬劲的丸子，每一口都很难忘。主菜是由巴登咖啡特有的咖啡酱油煎过的鲑鱼，香气扑鼻，完全入味，切一小块鱼肉蘸一点咖啡酱油，味更鲜美。糖水渍的番薯，清甜绵软，让整餐吃下来都特别舒畅。

咖啡冻

巴登咖啡的甜品都非常有特色，几乎每一款都不能错过，但其中最有巴登特色的还属咖啡冻，微苦微酸的咖啡味，细腻滑润的口感，可是别处吃不到的。

土凤梨酥

馅料中完全没有加入冬瓜，自家庄园产的土凤梨，味甜不涩，对于制作细节的讲究和用料的诚恳，成就了每一口的真和天然乡情味。

巴登咖啡的特别推荐

花式台湾咖啡

七分热咖啡三分冰奶油的配搭，最适合小口啜饮，冰凉奶香冲淡了咖啡的热度，在口中融合出温良的醇度，不愧为巴登咖啡总店最受欢迎的一种咖啡。

玄米咖啡

可以称作主食咖啡的玄米咖啡，是健康早餐的新选择。炒至香甜的玄米带来饱足感，与咖啡的提神功用都是早上急需的能量。

咖啡酱油

从未见过以咖啡为原料做的酱油吧，这可是巴登咖啡独有的发明，两种各具特色的香气以一种出人意料的方式相遇，进而迸出意外香浓的特色，佐菜烹饪都很有与众不同的芬芳，尤其是煎蛋时，在煎至热腾的蛋面上淋几滴咖啡酱油，溅出的香气扑面而来，有使人上瘾的潜质。

|伍郎看法|

蜀黍的台湾味道

“我喜欢喝的咖啡，就是搭配着麦当劳早餐喝的那种咖啡，美式咖啡，也不加糖，也不加奶，就是纯粹的咖啡味道。”说起台湾咖啡，蜀黍并没有什么情结。

关于台湾味道，他喜欢的，也都稀松平常，你是来过台湾，一定会尝过的味道。比如他最爱的台湾青柠檬，住在眷村的时候，隔壁家有一棵柠檬树，回忆起来一到夏天，各家都会来摘，加些白砂糖或者冰糖冲水，酸酸甜甜的味道足以拂去夏日的炎热。他喜欢柠檬，喜欢到但凡能用到柠檬的地方都不会放过，洗澡，点熏香，甚至洗衣服，都会放柠檬。“还有台湾的爱玉冰里也有柠檬，你知道爱玉冰吗？”看蜀黍对加柠檬的东西情有独钟，感觉只要有柠檬，都会被蜀黍爱屋及乌起来呢。

但蜀黍又说水果里面：“番石榴和莲雾是我最喜欢的。”在可以直接食用的部分，柠檬君身为水果却没有了地位呢。蜀黍的经纪人老师还爆料：“他还爱吃释迦果！”不忍吐槽蜀黍是吃货，怪也只能怪台湾的水果太过多样，太过好吃了。

问起其他的台湾味道，咨询了蜀黍的想法，下一季，你想吃什么菜？他说可以拍拍台湾的客家菜，去苗栗，去美浓。然后我们又聊起了客家萝卜干炒腊肉、姜丝炒大肠、咸菜肉片汤、客家菜包……

脚步/台湾咖啡街

来台湾，无论什么时候，无论哪条街巷，都能闻到咖啡香。几乎每一区，都可以称为咖啡街的地方，只是论起环境情致，富锦街会是台湾艺文界公认的台湾咖啡街所在。

号称全台北最适合散步的富锦街，两侧尽是文艺到骨子里的店铺。格调生活形态在富锦街上具体到每一个细节，店门前用心摆放的圣诞绿植、烹饪教室里昂贵又极精致的日本杂货、有机食材料理店等，姿态整理到洁净，理念清晰到任性。原本只是为了找到租金低廉的店面，不得已在老社区老巷弄开店的文艺青年们，正如一股清泉，活化了城区的筋骨，也舒通了新旧年代之间的连接。

富锦街的咖啡铺子，不同于星巴克似的快捷，总有着自己的小情小性，即便是咖啡馆的来由，也都透着个性。知名如朵儿咖啡馆，便是电影《第 36 个故事》的拍摄地，根据电影要求设计了店铺，电影拍完了，店铺留了下来。还有下面要介绍的音乐厂牌开的咖啡馆 Beans & Beats，只是因为这间私人会所，总有人把它当作咖啡馆而误闯进来，索性开门做了生意。

逛富锦街，步调会变得很慢。走进店铺，点一杯咖啡，等待的时光，可以在咖啡店内逛逛，抬首低眉，总会在不经意间发现店主的巧思。待咖啡煮好，同友人一同坐下，室内安静美好可以尽述心事，室外阳光明媚能够捕捉空气的清甜。

来这里喝咖啡，与其说是品尝一种味道，不如说是体验一番台湾人的生活情致。

推荐咖啡店

芭蕾咖啡馆

适合妈妈的咖啡馆，店内的装潢、菜单与用餐场所全部都同时考量了大人与小孩的审美和功能性。还特别开设了宝宝厨房，有宽敞的游戏空间和大片涂鸦墙壁供孩子玩耍，让父母可以照顾孩子，又能舒适地享受下午茶。

地址：台北市松山区民生东路五段 36 巷 8 弄 62 号
电话：00886-2-27631981
营业时间：周一至周五 11:30~22:00，周六至周日 10:00~22:00

Beans & Beats

原本是台湾嘻哈音乐厂牌“颜社”的办公室和录音间，因为误闯进来的人实在太多，老板花了九个月和朋友一同装潢，打造了现在美式工业风格的咖啡厅，慵懒的音乐、香滑的拿铁、诱人的鲜奶油鸡蛋糕，这样的地方，怎能不误闯呢？

地址：台北市松山区富锦街 346 号 1 楼
电话：00886-2-27655533
营业时间：周二至周六 13:00~21:00，周日 13:00~19:00，周一公休

3,co 咖啡馆

以瓷器为主题的咖啡厅，说是咖啡厅，更像是艺术馆，前厅是自家出口的瓷器展示区，每一件都精美绝伦，是米其林三星主厨选用的餐具。抿一口“陶瓷碗公”装盛的热拿铁，搭配宜兰小农稻米制作的爆米香，满足了味蕾，也满足了对美学的玩味。

地址：台北市松山区富锦街 377 号 1 楼
电话：00886-2-87875271

抓马咖啡

原木桌椅、白色装饰、大大落地窗，简直就是文艺咖啡馆的标配，最适合拍摄文艺片和偶像剧的富锦街和民生社区，能看到许多类似调调的咖啡馆，缓慢的步调，清甜的味道，让日常生活多了精进的可能。

地址：台北市松山区民生东路五段 137 巷 6 弄 2 号 1 楼
电话： 00886-2-27621718
营业时间：周一至周四、周日 11:00~21:00，周五至周六 11:00~22:00

伍郎的散步地图
富锦街的咖啡店

第十二话

永远的朋友

本话食物

台南意面

馄饨汤

虾仁卷

拍摄地点：民生东路跆拳馆 / 台南意面馆

故事 /
朋友

起初，朋友这个词，对于刚刚回到台南老家的伍郎来说，是种温暖。

起初，朋友这个词，对于独来独往的阿伟来说，是个负担。

故事的起初，他们才 8 岁。

第一次见面，阿伟就知道这是个需要他照顾的大少爷，如无意外，老太爷去世后，这边的帮会都会归于这个“爱哭鬼”的门下。

“别哭了，我叫阿伟，你呢？”为了止住眼前这个大少爷的哭声，阿伟明知故问。

“我叫伍郎，伍郎的店的伍郎。”小伍郎扑闪着眼睛，止住了哭声，很认真地作答。

“什么店？”

“我爸爸是做进出口贸易生意的，等我长大要和爸爸一样，我的店就叫伍郎的店。你要不要做我的第一个客人？”

那时候起，阿伟就觉得伍郎是个梦想家，这种人长大能领导一个帮会吗？他不知道，但是父亲要求他保护这个小少爷，他就只能照办。

一起度过少年时光，少爷居然也学会了跆拳道，但是在同学面前从不显露，只是每次都能巧妙地躲过他们班里那个叫余人杰的家伙的恶整，那家伙也总不死心，想埋伏少爷，阿伟想出手，但是少爷却不愿意。

从左至右：
1. 伍郎吃着台南的意面，思绪回到从前。2. 两人用跆拳道决斗来告别。

“不要叫我少爷了。”

少爷这个称呼对于伍郎来说是血脉里的无可奈何，而阿伟对他来说，是朋友。

阿伟改口叫他伍郎。伍郎在班上是品学兼优的好学生，还是班长，没有人怀疑过他的背景，在别人眼中，阿伟只是伍郎想要循循善诱的坏学生，所以他们才会常在一起，其实除了父亲是帮会“二把手”，阿伟觉得自己还是挺像个好学生的。

1993 年，所有学生都在奋斗大学联考，好学生却被好学生带坏了。

“我想走。”伍郎合上书本，认真地看着阿伟说话。

“好啊，温书累了，去打打棒球怎么样？”起初阿伟以为伍郎只是想换换脑子。

伍郎告诉阿伟，自己不想留在这个家里。这是阿伟第一次从伍郎的口中听到他说真心话。

“这是他们说的考前综合征吧。”阿伟也在回避。

“我们逃两天学，去台北看黄平洋吧。”伍郎摸不清阿伟有没有听懂他的话，但是退了一步。

就这样，伍郎带着阿伟北上了，当然在大多数人眼中，是阿伟拐跑了伍郎。那时候伍郎想逃避的并不是联考的压力，而是自己身后的家族，只是阿伟到了几个月后才

明白。

几个月后，伍郎和阿伟像往常一样跑完步，再去巷子拐角的小摊子吃意面，回家的路上却遭到了伏击，阿伟替伍郎挡了一刀，跆拳道服上划了一道深深的口子。伍郎学跆拳道就是为了不要别人保护自己，结果他还是没做到。

“我想走。”

这次阿伟已经不能再用一起去台北来搪塞伍郎，他感受到，伍郎要走得很远很远了。

“你妈怎么办？”

“比起做我妈，她更适合做大家的大姐头。”

“那我呢？”

“要不要跟我一起走？”

阿伟没有和伍郎一起离开，只是为了让伍郎证明他可以照顾自己，两人约了一架。阿伟丝毫没有留情，却输在了伍郎的手上。阿伟知道这次伍郎是认真的，他已经不再是当年自己认识的那个“爱哭鬼”了。跆拳道馆的窗台上是两盆金毛狗蕨，用来疗伤的，本来他们一人一盆，阿伟拿起伍郎那盆摔在地上，因为他相信，没有金毛狗蕨，眼前这个伍郎也能照顾好他的“爱哭鬼”伙伴。

“滚！”

从左至右：1. 伍郎想着阿伟，来到一家意面馆前。2. 老板娘告诉伍郎，这家店可以点一碗半的意面。

伍郎轻易地离开了，阿伟在他背后挡住了拖住伍郎脚步的一切障碍，伍郎不知道，这个朋友，刚开始是听父亲命令，而今为了朋友的自由，只身挺立于腥风血雨中。

伍郎跟随父亲的经历，旅法几年后，回到台北，真的开了一间“伍郎的店”。他是老板也是店里唯一的员工，他亲自为客人送去货品，在工作之后享受美食，不过没有朋友相伴，他总是自己陪自己吃饭。工作的时候，遇到过余人杰，但是他从没想过，有机会重遇阿伟。

跆拳道馆里，他抚摩着今天的小鬼客户要找的跆拳道服，那道为他挡刀的痕迹还在，绝对是阿伟自己补的，真心难看。面前的小鬼客户们都很崇拜阿伟，要在他的生日给阿伟老师买一件新的一模一样的道服，因为阿伟老师总不愿意换了这件“破道服”。伍郎留下订做道服的台南店铺地址，没有要报酬，就这么游荡在民生社区。

小鬼说阿伟老师还开了意面店，但是这点伍郎并没有听进去，只是想到阿伟的时候，伍郎确实想吃一碗意面，他就这么走进了一家意面店里，也许是有缘，这家意面店居然有卖一碗半的规格，以前自己说过，开一家这样的店也不错的。

“真的有人懂我呢……”

伍郎漫步在夜色中，打了一个饱嗝。

“谢谢你，朋友。”

在地生活 /
从台北到台南

台南和台北的差异，是台湾人饭后的谈资，只要你细心观察，就会发现小细节里不同的生活态度。坐捷运上下电梯，靠右边的通常是台北人；购物付款，在包里放大量现金的总会是台中或台南人；台南人自小会泡茶、养壶、清理茶盘；台北的甜不辣到台南只能叫作黑轮；台南的卤肉饭会加入台北人不明所以的肉松，但是很多台北人却愿意经常抽空南下，去南部喝牛肉汤，吃虱目鱼粥。

南部和北部，是互相依赖的存在。南部的年轻人多有北上打拼的念头，在北部被生活压力所挤压的人，投入南部的慢生活，又是他们的治愈良方。台南，被称为全台湾快乐指数最高的地方。

作为游客，如果在台北感受到的是礼貌和暖心，那么到台南，便是热情和更加热情。在台南不认识路，问了人之后，他会骑着机车或者开着车，带你找到你想去的地方；在台南夜晚打车，司机师傅可能会为了让外地乘客吃到正宗的台南美食而送出自己的消夜，当然，不可能每次都遇到这样的事情，只是这种事，带给我台南人热情的体验。

伍郎，生于台南，长于台南，现在则选择在台北生活。两个城市，就是他选择的生活方式。在前面的故事里看过台北，最后一话，我们就在伍郎的回忆中行走台南，这个伍郎生长的地方，台湾历史上的第一座城市。

在地生活 / 台南那些事

三百多年前，荷兰建城，郑氏三代居承天府，清政府设台湾府，整个台湾岛的历史，都可以从台南这片土地说起。

台南府城，每条窄巷，每片砖瓦，都可以叙述一段长长的历史。安平古堡的悠远，延平郡王祠的威严，亿载金城的沧桑，台南孔庙的庄严。连台湾人自己都用“五步一神，三步一庙”来形容台南，到这里不用遍寻古迹，也会不经意地走入古迹之中。告别古迹，还可以到台湾文化象征之一的眷村去看看，和台北的四四南村不同，台南的二空眷村树屋安在树上，倚着老榕树搭建的树屋里，存放着当年的老唱片机、室内电话、收音机等老物件，不过不要误会，台南的眷村当年也是竹篱笆或者日式的庭院，只是当地面都被改成国宅后，有心人才将历史搬到了树屋里，久而久之，成了现在的模样，眷村子弟的这种感恩心思，叫人感慰。

大陆有闯关东，走西口，台湾岛的都市发展，则是从台南开始北上打拼的道路，那时候他们从家乡出发，用一个帆布袋便承装了生活的基础，那一个“合成帆布行”的帆布袋，现在作为台南的特色物产之一，远销海外。台南还有很多类似的老物件，都是老手艺人的杰作，朴实的外表，却赢得交口称赞。卖这些东西的老店，在“本町”（民权路和新美街）最多，信文堂印铺，店里做印章的工具都有超过五十年的历史；进德成竹

藤店，古早的摇篮、草鞋、谢篮已经不算稀奇，随便挑挑拣拣，就会不小心把古董买回家；振行鞋行的木屐手艺，已传至第七代，穿起木屐，随着“嗒嗒”声音，游走本町，那种从脚下开始的怀旧风情，充满了追忆台南慢生活的节奏感。

逛累了，歇歇脚，本地人的眼中，台北是都市，而台南是食堂。吃，必不可少。无论是哪里人，来台南的第一顿早餐都是入乡随俗，牛肉汤加米饭。刚刚宰杀的温体牛肉，用出租车及时送到店家，去筋处理后，老板用熟练的手法切片，没有复杂的工序，只须淋上汤汁。美味营养的台南牛肉汤，就是台南人一天精力的来源。走街串巷，“阿村”“阿诚”还有“阿裕”，取得都是些质朴的名字，却是精致的口味。老店生意好，不少人都在开店前 1 小时就排上队，只等老板一声令下。这种吃早餐的场面，在哪里都见不到。

做台南人，还有一样不得不吃，便是虱目鱼。伍郎想念台南的味道，心心念念着夜市的虱目鱼肚汤。毫不夸张，北上的台南人，都会想念这个味道。即使作为台湾的过客，也有“不食虱目鱼，枉作台南行”的谚语。售卖虱目鱼的小铺子，虽是小店，往往也做得风生水起，一位难求，广安宫的“阿憨咸粥”，圆环的“阿堂咸粥”，中山路的“阿川”，想要享用美味，都必须趁早行动，步速稍慢，可能就会无粥而返。

在地美食／台南意面

一碗小小的意面，足以承载一份从小的时候起，便相伴的感情。因为对于台南人来说，意面是一种日常，穿街走巷都会有的食物，离开台南再尝到的意面，就成了旧时回忆的象征，有时候更像故人的倾谈，似家里的味道。

台南意面，因为用力擀面时，会不由自主地发出“噫”“噫”的声音，因而得名。意面与其他面条最大的差别就是在揉面过程，用鸡蛋取代水，而面条切好后还要经过晾晒的过程，季节的变化和天气的湿度要如何把握火候，全都要靠着制面师傅的经验去完成。意面最早发源于小镇盐水，因此又称“盐水意面”。小小的盐水镇，光是售卖意面的店家，就不下 50 个，老字号的盐水意面，更是有五六十年以上的历史，一到用餐时间，就会成为标准的排队美食。

现如今，全台湾都可以吃到意面，但是来台南，却必须吃一吃鳝鱼意面。台南的整体食物偏甜，类似上海，所以虽然是鳝鱼料理，鳝鱼意面却是甜口的。炸过的意面下锅，鳝鱼炒熟，经过青葱、洋葱、蒜末爆香，再加水淀粉收汁，浓稠的芡汁包裹着整盘鳝鱼意面，味道香醇浓厚，回味是满嘴的甜、甘、香。

来台南，若是没有机会下榻盐水镇，也可以在市区买到老字号的盐水意面伴手礼。如果有时间，往本町走一走，新美街上的老恭意面、府前路上的阿龙意面，也会是不错的选择。

| 伍郎看法 |

天涯若比邻

问及蜀黍有没有“番茄遇咖啡”这样的朋友，蜀黍说没有，因为他和老朋友是因为英语而相识的，算起来认识三十多年了。

他们的因缘，开始于服兵役期间，蜀黍打算服兵役后投考台大外文系，正好这位军队里的前辈就是外文系毕业。蜀黍的语气里充满对朋友的赞赏：“他还学过法文，语言天赋极高，他的英文也是我见过的中国人里最好的。”台大外文系插班生就考两项，中文作文和英文作文，朋友帮蜀黍批阅作文，不用说，蜀黍的作文，得到了肯定。

朋友先服完兵役，进了航空公司；蜀黍服完兵役，也进了航空公司。后来两个人还一起跳槽去华航，作为好麻吉的蜀黍还把自己那组的漂亮姑娘介绍给了朋友：“我可是他们夫妻俩的媒人。”蜀黍的语气中不无得意。

现在蜀黍住着阳明山大宅，朋友一家在加拿大定居，两人常常联络。朋友回台湾就住到蜀黍家，蜀黍去加拿大住在朋友家。采访到最后还是忘记问这位朋友的姓名，也许姓名并不那么重要，好多人同名同姓未必能有相同的缘分，只要心意相通，即使远隔千里，知道你是你，你很好就好。

脚步 /
台湾发源地

如果只有一天时间认识台南，那么只有在安平。从台湾所建之城的古迹，到日常流传百年的小吃，在安平商圈中，走一朝吃一遍，度一日最有效率的慢生活。

安平古堡

安平古堡是荷兰人殖民统治时期，建立的第一座城堡，旧称“热兰遮城”，认识台湾历史，第一步便是走进这里。当时的人们使用糖水、糯米汁捣牡蛎壳灰，沙土叠砖而成，历经百年，已化为遗迹。现在能看到的古迹，多半是日据时代修缮完成的，每到黄昏，红色的砖墙与落日相映，台湾八景“安平夕照”，美不胜收。

地址：台南市安平区国胜路 82 号

剑狮埕

中国古代尚风水命理，这点在台南的建筑布局和屋宅设置上可见一斑。宅子外的图腾器物，尤其是用来辟邪的“厌胜物”，随着时代更迭，已然变成了一种“吉祥物”般的存在了。来到安平，每家每户都可以看到口中含宝剑的“家徽”，好像门牌号一样，都是剑狮，又各不相同。它们的由来，颇为有趣，狮头的图案原本是古代士兵的盾牌，他们操练回家后，便把剑插在盾牌上，一般鼠窃狗偷看见了，便不敢在此造次，久而久之，变成了保护家宅的外饰。现在剑狮，已经是戴在头上的小帽子，可以挂在包包上的吊饰，还有了“剑狮饼”这种食物，是不是尤觉可爱，很想带一些小狮子回家呢？

地址：台南市安平区延平街35号

茉莉巷／胭脂巷

两条巷子并没有悠久的历史，却是当地人生活的写照，普普通通的窄巷，因为人们在巷内栽满了鲜花，就以花取名。茉莉巷的芬芳，胭脂巷的瑰丽，走进巷子里，享受的是台南人对生活的一点心意，对小日子的一份热爱，或骑车或散步，散漫地走进小巷子，看花、看景、看人，仿佛时光真的在台南会走得慢一些，再慢一些。

茉莉巷：台南市安平区延平街旁观音街小巷
胭脂巷：台南市安平区效忠街小巷

两角银古早味冬瓜茶

在台北多吃的是几十年老店，到台南，小数点往后，多的是百年老店，两角银无论味道还是品质，都有百年的历史加持。老板说每个年代的冬瓜茶，从煮法到口味都不同，早期民众劳力消耗大，冬瓜茶从甜度和口味上都比较重，而今你走进两角银，虽然不能享受一杯冬瓜茶，两角银的价格，却能喝到芋头、柠檬等多种适合轻饮的冬瓜茶。

地址：台南市安平区安平路366号
电话：00886-6-2503699/3503688
营业时间：10:00~18:00

永泰兴蜜饯

酸酸甜甜的百年蜜饯老店，其历史可以媲美安平老街，在如今机器代工盛行的年代，依然坚持着人工腌制、日光曝晒的老方法制作老味道。几十种口味的蜜饯，不仅用当季最新鲜的水果杨桃、水蜜桃、香蕉（居然有香蕉蜜饯）等为原料，盛装的器皿居然还是复古的透明罐子，有便捷的小包装，也有用复古瓮装饰的豪华版，提在手中，真的有一种穿越时空的感觉，在逢年过节，提上一点小手信，融入走亲访友的热闹气氛中。

地址：台南市安平区延平街84号
电话：00886-6-2259041
营业时间：10:30~21:00

周氏虾卷

虾卷算是台南人桌上的日常食物之一，周氏的店子虽然只有五十多年，但贵在用料足，满满的诚意，一口咬下去满嘴是虾味的口感，感动了每一位顾客。他们家的虾卷用“火烧虾”做内馅，加以猪绞肉、鱼浆、葱姜调味，蘸上祖传的裹粉下锅油炸。虾卷一入口，客人就变成了回头客。虽然现今开了分店，但是念旧的老人们，依然钟爱安平古堡旁的这家老店。

地址：台南市安平区安平路125号
电话：00886-6-2292618
营业时间：10:00~22:00

伍郎的散步地图
安平商圈

后记

你好，孤独！

朱璐莎

从一个男人的故事，变成很多个人的故事，只是伍郎，始终孤独。

从小开本，四拼一，到台版漫画，大陆正版漫画，然后我们有机会购买日本漫画版权拍摄我们的梦想。生在这个时代，遇到这些人，我们是幸运的，我觉得自己更是讨了大大的便宜。

老板大大当时在《孤独的美食家》和《深夜食堂》的版权中徘徊，有更多拓展空间的，无疑是《孤美》。我们从漫画的伍郎身上，看到了自己，不是每个人都能如食堂老板偏安一隅，看人生百态，但是每个人都会成为别人的过客，像伍郎一样，从他人的世界路过。是吧，举凡生活，更像伍郎，随时随地，看见某人某景，心里有些想法，不乏艳羡吐槽，思考沉淀，回头想想不过是别人的人生，自己的过客，然后继续行走，继续吐槽，重点是，继续吃，啊，我们都是爱吃之人。

上引水产，总铺师办桌，宁夏夜市……走到哪里，伍郎都习惯用自带的筷子，都说自家的米饭特别香，自己的筷子才能吃出自己的味道。我们也是，和东京台的不同，我们的伍郎是一个看客，看别人的人生，吃自己的饭，酒足饭饱，人生皆是完满。可惜，伍郎不会喝酒，所以他要继续前行。第一季第一话，从他婉拒了吴建国的那瓶酒开始，故事像火车开向台湾平溪。

写第一话的时候，另一位编剧老师叔芳姐问我：“你是说伍郎不喝酒还是不会喝酒？”两者有很大区别，不喝酒表示会喝而拒绝，不会喝酒表示……我们的伍郎不会喝酒，不是拒绝，而是不会，不会今朝有酒今朝醉，所以只能在美食中消解生活。

这样一个人，谁来演？我们的第一人选便是赵文瑄老师，于是，我们真的有了赵伍郎。现在想来，那已经是一年前的事情了，当时在台湾写剧本，听到这个消息，跑到附近的河滨公园，躺在草地上打滚，心里想告诉全世界，赵伍郎！我们有了赵伍郎！

电视剧拍摄的同期，本书也开始策划，我是个方向感较差的人，走过的地方，都用食物、店名来记忆，当然在台湾，东西南北，不如谷歌地图实用，更抵不过台湾人的热情。书中的小店，有的是剧组老师们的推荐，可能并不知名，但是足够本土，百年传承。还有的便是我们几个人，一步一步走出来的，老板娘美丽、制片人糖糖、剧照师阿欣等，有些是按图索骥，有些则是误打误撞，大家性格不同，爱好相异，所以看这本书的你，要准备好打开新世界的大门。

看剧之后再看本书里的故事,可能会感到有些不同，甚至觉得，它们是同一个故事吗？是的，不过因为电视剧的篇幅有限，很多想说的话和曾经发生在这些过客身上的故事，没来得及说。那些来不及说的话，我想尽量在故事里说得完整些。

故事里的事，是我们这一年来，陆续走访台湾时所遇见、看见的，也有些是自己的经历。第一话的炒饭，老爸给我炒了二十多年，不过我爸的厨艺很好，我妈也偶尔去跳广场舞，我更是个大龄剩女，只不过长大离家后，每每回家，都会要求老爸在消夜时间炒饭，然后下一个紫菜蛋花汤，两父女就可以边吃边聊，顺便问一句，老妈要不要吃，我妈绝对一口拒绝，然后叮嘱说少吃点，会消化不良，就这样过完一天。

剧中的故事，赵伍郎最喜欢第四话《按时间表生活的老人》。主题关于等待，也是我最喜欢的，等待是一件特别奇妙的事情，它会让事情发酵，慢慢沉淀，好东西，都是等出来的。比如伍郎的立吞寿司，比如最后张怀山的孙子带着老人的表回来。即使把孙子回来的一段写在了剧本里，让伍郎和孙子也有一段巧遇，我的心底却仍有这样的想法，也许最后的一切都是李伯男老人的幻想，伍郎只是和老人告别，然后就一脸“该吃饭了”的样子，奔向了上引水产。而老人只是在原地等得有些久了，想睡了，于是做了一个梦，为了增加梦境的真实度，梦里有了刚刚遇到的伍郎，伍郎遇到了和张怀山长得一模一样的人，但是他没有穿白衬衫，他知道，他不是张怀山……

还有一些由于篇幅原因做了删减的，因为做亲妈的私心，在本书中又被我捡了回来。比如第八话《收件人不详》中，原本林志豪吃的台南担仔面里还有妈妈特别放的“鸡懵懂”，广东人叫“鸡忘记”，老人家都说吃了这个会忘记事，就像母亲，希望林志豪忘记。只是世界上如果真的有这样的“灵食”，定会成为比钻石更珍贵的宝物。

至于《珍珠·奶茶》，更想献给那些还没来得及却还有机会表白的人，加油吧，活在当下，若爱请行动，就像伍郎，若饿马上会去找吃的，饱餐一顿，才不留遗憾，虽然依旧孤独，但至少可以一边打饱嗝，一边满足地说一声：“你好，孤独！”